Sergio Bambaren
Die beste Zeit ist jetzt

PIPER

Zu diesem Buch

Chuck kann eigentlich zufrieden mit sich sein: Sein ärmliches Elternhaus hat er schon früh verlassen und es aus einfachsten Verhältnissen zum erfolgreichen Manager gebracht. Doch der Preis dafür ist hoch. Freundschaften, Familie und die Liebe standen immer nur an zweiter Stelle; im Grunde ist Chuck ein einsamer Mensch. Da begegnet er kurz nach seinem fünfzigsten Geburtstag plötzlich in dem geheimnisvollen Dave seinem Alter Ego. Dave öffnet ihm die Augen dafür, welche Optionen das Leben sonst noch bietet, welche anderen Wege er hätte einschlagen können. Er zeigt ihm, dass derjenige, dessen einziger Reichtum in Geld besteht, in Wahrheit ein armer Mensch ist. Und dass es nie zu spät dafür ist, seine eigenen Entscheidungen zu hinterfragen. Tatsächlich nimmt Chuck all seinen Mut zusammen, um noch einmal ganz von vorn anzufangen – ein Schritt, der größer ist als alles, was er bisher erreicht hat.

Sergio Bambaren, geboren 1960 in Peru, gelang mit »Der träumende Delphin« auf Anhieb ein internationaler Bestseller. Er gab seinen Ingenieurberuf auf und widmete sich foran ganz dem Scheiben und seiner Leidenschaft für das Meer. Nach längerem Aufenthalt in Sydney lebt er heute in Lima, Peru, sowie auf den Kanarischen Inseln, und ist Vizepräsident des Non-Profit-Unternehmens »Delphis«.

Sergio Bambaren

Die beste Zeit ist jetzt

Ein Buch für Träumer

Aus dem Englischen von
Gaby Wurster

PIPER

Mehr über unsere Autorinnen, Autoren und Bücher:
www.piper.de

Von Sergio Bambaren liegen im Piper Verlag vor:

Der träumende Delphin
Ein Strand für meine Träume
Das weiße Segel
Der Traum des Leuchtturmwärters
Stella. Ein Weihnachtsmärchen
Die Botschaft des Meeres
Die Zeit der Sternschnuppen
Der kleine Seestern
Die Rose von Jericho
Die Bucht am Ende der Welt
Die Blaue Grotte
Die Heimkehr des träumenden Delphins
Lieber Daniel
Die beste Zeit ist jetzt
Die Stunde der Wale
Die Weisheit deines Herzens
Das Leuchten der Wüste
Der Klang der Stille
Der kleine Fuchs und der Träumer
Die Stimme des Meeres
Der träumende Delphin und die Stimme des Ozeans

Ungekürzte Taschenbuchausgabe
ISBN 978-3-492-30295-1
1. Auflage Juli 2013
9. Auflage Juli 2026

Titel der englischen Originalausgabe: »50 years«

Für direkten Kontakt und Fragen zum Produkt wenden Sie sich an: *info@piper.de*
Erschienen im Verlagsprogramm Pendo
Umschlaggestaltung: semper smile, München, nach einem Entwurf von Mediabureau di Stefano, Berlin, unter Verwendung eines Fotos von Lincoln Seligman, Beach guard, Privatsammlung/Bridgeman
Satz: Fotosatz Amann, Memmingen
Gesetzt aus der Swift
Druck und Bindung: CPI books GmbH, Leck
Printed in the EU

Schöne Erinnerungen sind wie kleine Fenster,
durch die wir einen Blick aufs Paradies
erhaschen können.

Du bist nie gegangen,
Ich *war eine Weile lang weg.*
Früher oder später
Wirst Du mich finden – immer.
Stimme meines Herzens,
Ich gelobe, ich werde mich nie mehr vor Dir
Verstecken,
Nie wieder!

Vorwort

Manchmal kann man Träume vergessen, man kann sie sogar im Alltagstrott verlieren – aber sie sterben nicht. Vielleicht erinnern wir uns deshalb erst wieder an die Träume, die uns in die Wiege gelegt wurden, wenn die Jahre vergehen, wenn wir älter werden und uns mitunter plötzlich das Herz eng wird, weil wir uns eingestehen müssen, dass wir sie nicht verwirklicht haben. Dass wir nicht einmal versucht haben, die meisten von ihnen wahr werden zu lassen. Und so enden sie, wie sie lange zuvor begonnen haben: eben als Träume.

Doch im Lauf der Zeit habe ich gelernt, dass das Leben wunderschön und unvorhersehbar ist; dass wir immer wieder einmal – nicht immer, aber manchmal – ganz unerwartet die Möglichkeit bekommen, unsere Träume zu verwirklichen, auch wenn wir dachten, diese Chance sei längst vertan. Wir tragen eine Maske, weil wir nicht sehen wollen, wie wir wirklich sind, und manchmal tragen wir sie so lange, dass wir vergessen, wer wir sind, und die Maske zu unserem Selbst wird. Manchmal aber, wenn wir genügend Mut dazu haben, können wir sie abziehen und der Welt unser wahres Gesicht zeigen. Und da ich schon immer ein Reisender durch »bevölkerte Einsamkeiten« war, konnte ich wohl zu dieser einfachen und doch universellen Erkenntnis gelangen.

In letzter Zeit habe ich versucht, meine Mitmenschen und die Welt zu beobachten, ohne über sie zu urteilen: die unterschiedlichen Wege, die Menschen im Leben einschlagen; die ständige Entwicklung, der die Natur unterworfen ist; die Geschwindigkeit, in der sich dank des technischen Fortschritts auch unsere Welt so rasch wandelt; der Klimawandel, den wir erleben, und auch die stille spirituelle Veränderung, die sich überall anbahnt und die bereits in der kommenden Generation deutlich erkennbare Wurzeln geschlagen hat.

Schon als ich dreißig Jahre alt war, hatten ältere Freunde mich vor der Midlife-Crisis gewarnt – den Depressionen, die sich mit dem Älterwerden einstellen. Mit vierzig wurden diese Stimmen noch lauter: Es sei der Wendepunkt, an dem man anfängt, zurückzublicken und zu prüfen, ob das, was man mit so viel Mühe gesät hat, auch eine lohnende Ernte eingebracht hat.

Im Ernst: Ich habe gesehen, wie Menschen Depressionen bekamen, weil sie feststellen mussten, dass der Wind ihnen im Alter härter ins Gesicht bläst und dass die Zeit immer schneller vergeht. Ich habe Augen ohne jede Hoffnung gesehen, und ich habe einsame Menschen erlebt, die meinten, sie seien dazu verdammt, allein alt zu werden, sobald das erste Liebesglück vorüber ist und die Jahre an der Schönheit der Jugend zehren. Und ich habe Menschen kennengelernt, die so arm sind, dass sie nur Geld besitzen.

Und nun hat die große Fünf vor der Null auch an meine Tür geklopft. Ein Alter, in dem viele Menschen das Gefühl haben, in den Herbst ihres Lebens einzutreten. Ein Alter, in dem der Begriff *Sterblichkeit* zum ersten Mal einen Sinn bekommt und uns von nun an im Hinterkopf bleibt. Die Knochen beginnen zu schmerzen, das Gedächtnis lässt nach, manch ein alter Freund verlässt diese Welt, andere sind mit Krankheiten geschlagen, die noch vor nicht allzu langer Zeit überhaupt kein Thema waren.

Doch nun bin ich fünfzig Jahre alt geworden und warte noch immer auf die Krise, die man mir schon mit dreißig und mit vierzig vorausgesagt hat.

Ich sitze auf dem Balkon meiner kleinen Wohnung mit einem herrlichen Blick aufs Meer, das ich als meinen Bruder empfinde, und versuche, in Worte zu fassen, was ich gerade denke und fühle. Ich schließe die Augen und frage mich, warum ich nicht das empfinde, was ich empfinden sollte, wenn es nach den anderen Leuten ginge. Doch mit größter Ernsthaftigkeit und mit der allergrößten Demut muss ich sagen: Ich habe nicht die leiseste Ahnung, was diese Krise sein soll, von der ich schon so oft gehört habe. Ich habe keinen blassen Schimmer!

Doch auf einmal, als ich es am wenigsten erwarte, bricht eine Flut von Gedanken los und überspült meine Seele. Ich kann sie kaum alle fassen, also schreibe ich sie nieder, so schnell ich kann:

Vielleicht fühle ich nicht das, was ich fühlen sollte, weil ich im Lauf meiner fünfzig Lebensjahre gelernt habe, dass die Raupe, wenn sie meint, das Leben sei zu Ende, ein Schmetterling wird. Weil ich mein Glück mittlerweile darin finden kann, dankbar zu sein für das, was ich habe, anstatt mir verzweifelt alles andere zu wünschen. Weil ich alles, was ich weiß, mit Herz und Seele aus dem großen Buch des Lebens gelernt habe und nicht durch wortreiche Lehren. Vielleicht weil ich gelernt habe, das Leben als eine große Uhr ohne Zifferblatt zu sehen, und weil ich weiß, dass alles vergänglich ist, dass das wahre Glück oft nur kurz andauert, die Erinnerung daran aber ewig ist. Vielleicht weil ich inzwischen weiß, dass man diese wundervolle Sache, die man Leben nennt, lediglich als Teil einer längeren, unendlichen Reise begreifen muss, wenn man wirklich frei sein will. Vielleicht weil ich mein Leben auf Prinzipien und nicht auf Traditionen aufgebaut habe. Und weil ich weiß, dass so, wie die Geburt zum Leben gehört, am anderen Ende des Lebensfadens auch der Tod dazugehört. Vielleicht weil ich die Erfahrung gemacht habe, dass man, wenn man nie Fehler macht, auch niemals etwas versucht hat. Und dass es manchmal richtig ist, falschzuliegen. Vielleicht, vielleicht …

Ich muss aufhören. Aus meinem Herzen, meiner Seele, aus jedem Zentimeter meines Körpers, aus jeder Narbe in meinem Gewebe und in meinem Inneren strömen Gedanken über Gedanken und erinnern mich an all die Freuden und all die bitteren Zeiten, die ich in diesen fünfzig Jahren erlebt habe. Noch nie habe ich so etwas Wundervolles empfunden: dass das Leben für mich nicht das ist, was geschieht, während ich Zukunftspläne mache, sondern das, was ich heute so lebe wie gestern und vorgestern: meine Träume; dass ich gesegnet bin, weil ich wahre Trauer erleben durfte und auch schon ganz am Boden gewesen bin; dass ich so viele unvorstellbar schöne Sonnenuntergänge gesehen habe; dass ich noch immer früh am Morgen aufstehen und kurz in der Brandung surfen gehen kann; dass ich immer mehr Zeit mit meinen Brüdern, den Delfinen, verbringen darf. Und all das hält mich im Herzen jung.

Am wichtigsten jedoch ist mir, dass ich heute, mit meinen fünfzig Jahren, mit meinem dreijährigen Sohn Daniel spielen und lachen darf und dabei die Welt auch mit seinen Augen sehen kann: mit einem reinen Herzen und in Unschuld entdecken, dass jeder neue Tag ein wunderbares Geschenk ist. Manchmal verblüfft es mich, dass er stundenlang aufs Meer hinausblickt, wie ich es in seinem Alter auch getan habe ...

Ich muss eine kleine Pause machen.

Ich fühle mich lebendiger denn je mit meinen Erinnerungen, mit dem Wissen, dass die Welt mich nie umkrempeln konnte, vor allem aber dass ich meine Träume nie aufgegeben habe. Das hat nichts mit Utopie oder irgendwelchen Hirngespinsten zu tun – es ist einfach mein Optimismus und das erwartungsvolle Wissen, dass die Reise noch nicht zu Ende ist, sondern dass ein neuer, wunderschöner Abschnitt begonnen hat, in dem man das Leben aus einer anderen Perspektive betrachtet und genießt.

Für mich ist das Leben wie ein Traum, den man nicht mit geschlossenen Augen im Schlaf erlebt, sondern mit offenen Augen im Hier und Jetzt.

Leider musste ich feststellen, dass es vielen Menschen wichtiger ist, nett zu sein und geliebt zu werden, als sich selbst treu zu bleiben.

Vermutlich ist das ein berechtigtes Motiv, man darf aber die Treue zu seinen eigenen Prinzipien nicht mit dem Wunsch nach Geliebtwerden verwechseln. Das hat seinen Preis, ich weiß. Doch ich empfinde heute nicht anders als damals mit vierunddreißig Jahren, als ich mit einem strahlenden Lächeln aufs Meer hinausblickte und dachte:

Ich wünsche mir nichts anderes … Ich habe es geschafft … Alles, was jetzt noch kommt, wird ein Geschenk dieser erfüllenden Reise sein, zu der ich aufgebrochen bin …

Ich glaube, alles im Leben hat seine Zeit. Es gibt eine Zeit, sich quicklebendig zu fühlen. Eine Zeit, sich an den einfachen Dingen zu erfreuen. Eine Zeit für Traurigkeit und sogar für Melancholie.

Wenn man sich dem Rhythmus des Lebens hingeben und dessen Fluss in sich aufnehmen kann, hat man nach meiner tiefsten Überzeugung alles, was man braucht, um glücklich zu sein und seinen Seelenfrieden zu finden – so wie ich. Wenn man an bestimmten Wendepunkten des Lebens den Mut hat, ein Risiko einzugehen, und sich dabei nicht schuldig fühlt und nicht an die Folgen denkt. Wenn man das Leben jeden Tag neu beginnt wie ein Kind, während man gleichzeitig aus der Vergangenheit und aus seinen Fehlern lernt, dabei nichts bereut und sich selbst verzeihen kann. Wenn man die Wurzeln seines Lebens so deutlich erkennen kann wie die Blätter hoch oben in einem Baumwipfel. Wenn man grenzenlos träumen kann und dennoch immer bescheiden bleibt. Wenn man den Mut hat, seine eigenen Gedanken zu hinterfragen und sich auch einmal einzugestehen, dass man Unrecht hatte, weil man als Mensch unweigerlich Fehler macht. Wenn man immer das tut, woran man glaubt, ohne andere zu verletzen, wird man eines Tages merken, dass man auf dem Weg zu wahrem Glück und einem friedvollen Leben ist – egal, ob man nun fünf, fünfzig oder hundert Jahre alt ist.

Doch ganz ehrlich: Ich hoffe, ich lebe noch viel länger! Ich will noch so vieles entdecken.

I

Er hieß Chuck und war unvorstellbar reich. Sein Leben lang hatte er hart gearbeitet – wenn auch nicht immer nur rechtschaffen und ehrlich –, um sich einen Namen zu machen.

Chuck stammte aus einer armen Familie, einem armen Viertel, und er musste tagtäglich zusehen, wie Mutter und Vater sich für das Essen auf dem Tisch abrackerten, ohne zu wissen, ob es am nächsten Tag auch etwas geben würde.

Seit Chuck denken konnte, hatte er den Stress und die Sorgen seiner Eltern vor Augen, die sich mühten, ein Auskommen zu haben.

Keiner kann sich aussuchen, wo und wie er zur Welt kommt. Manche haben Glück und werden in Familien hineingeboren, die ihre Kinder ernähren können, andere hingegen nicht. Manche haben tolle Eltern, andere haben dieses Glück nicht. Aber all das können wir nicht bestimmen.

Chucks Schicksal war es nun, der einzige Sohn eines sehr armen Ehepaars zu sein, das am Rand einer Großstadt lebte – an einem Ort, den die einen Armenviertel, andere Slum nennen.

Viele Menschen glauben, dass wir alle Opfer von Opfern sind. In gewisser Weise wird unser Leben nicht nur davon bestimmt, wer wir sind, sondern auch von den schönen oder traumatischen Erlebnissen, die wir in unserer Kindheit und auf unserem weiteren Lebensweg haben. Das Schicksal hatte für Chuck nun zwei wundervolle, liebende Eltern ausersehen, so fleißig und fürsorglich, wie man sie sich nur wünschen kann. Doch sie waren fürchterlich arm, und Chuck musste miterleben, wie sie Tag für Tag kämpfen mussten und in diesem Überlebenskampf frühzeitig alterten, ohne dabei Licht am Ende des Tunnels zu sehen.

»Wenn wir die Hoffnung verlieren, wenn wir unsere Träume aufgeben, ganz egal, wie alt wir sind, dann geben wir auch Körper und Geist auf, und wir sind verloren.«

Chuck besuchte die Schule im Viertel und versuchte, etwas zu lernen. Seine Eltern hätten auch darauf bestehen können, dass er stattdessen arbeiten geht und Geld nach Hause bringt, aber das taten sie nicht. Sie waren arm, aber vernünftig. Denn wie viele Eltern dachten auch sie, dass ihr Kind mit einer Schulausbildung bessere Chancen hätte als sie selbst. Jedenfalls hatten sie immer gehört, dass Bildung die Erfolgsaussichten im Leben erhöhe. Sie selbst hatten die Schule nicht abgeschlossen, denn Chucks Mutter war früh schwanger geworden – wie es eben passieren kann, wenn zwei junge, verliebte Menschen nicht ermessen können, welche Folgen es hat und was es für eine Verantwortung nach sich zieht, ein Kind zu haben. Doch ihre Liebe zueinander und zu Chuck war so stark, dass sie ihm nie sagten, warum sie nichts gelernt hatten: seinetwegen. Sie hatten es nie bereut. Denn obwohl sie eine Ausbildung für sinnvoll hielten, hatten sie erfahren, dass die beste Schule das Leben selbst ist und dass man vom Leben Dinge lernt, die in keinem Buch und in keinem Klassenzimmer der Welt vermittelt werden können.

Chuck also gelobte, nie wieder arm zu sein, koste es, was es wolle, und er war bereit, dafür jedes Opfer zu bringen – und was es hieß, Opfer zu bringen, wusste er von seinen Eltern. Für ihn heiligte der Zweck die Mittel. Er wollte reich werden, auch wenn er dazu egoistisch handeln und krumme Deals machen musste. Er wusste ganz genau, was er vom Leben wollte: ohne finanzielle Sorgen zu sein. Er besaß den Willen und die Überzeugung, dass Geld und materieller Besitz ihm ein für alle Mal die Trauer und all den Groll nehmen würden, den er tief in seinem Inneren verspürte, wenn er sah, wie seine Eltern langsam lebendig begraben wurden. Und je mehr Geld, desto besser.

II

Chuck war nun fünfzig Jahre alt. Er fuhr einen schönen silberfarbenen Porsche. Er sah, wie andere Leute ihn auf der Autobahn aus ihren Wagen anblickten, weil er ein so prachtvolles und teures Stück ausgefeilter Ingenieurskunst besaß. Er wusste, dass er Glück gehabt hatte, und die meisten anderen waren wahrscheinlich neidisch, weil sie sich so einen Wagen niemals leisten könnten. Und auf irgendeine verquere Weise machte ihn das glücklich, denn er hatte es geschafft, vom ärmsten Viertel in den schicksten und teuersten Stadtteil umzuziehen. Er war wirklich oben angekommen, und darauf war er stolz.

Er hatte nie aus den Augen verloren, was er schon als Kind gewollt hatte, und hatte schließlich genau das erreicht, wonach er sich ein Leben lang gesehnt hatte.

Doch Chuck sah älter aus, als er war, eher wie Mitte sechzig. Von der vielen Arbeit, die er oft bis spät nachts verrichtete, hatte er tiefe Falten um die Augen, er war übergewichtig, weil er sich kaum bewegte und ungesund aß, und so hatte der Stress, der mit Chucks umtriebigen Lebensstil einherging, seinen Tribut gefordert. Diesen Preis hatte er jedoch bereitwillig bezahlt.

Er war nun auf dem Weg zu einem dieser wichtigen morgendlichen Meetings in einer seiner Firmen. Immer hatte er nur eines im Sinn gehabt: nie wieder arm zu sein. Er hatte keine Freundschaften geschlossen, war auch nicht mit Mädchen ausgegangen. Als er sechzehn gewesen war und die Highschool abgeschlossen hatte, war er von zu Hause ausgezogen und hatte seinen Eltern versprochen, eines Tages reich und wohlhabend zurückzukommen und sie aus diesem Höllenloch herauszuholen, das ihr Leben war. Chucks Eltern fanden es nicht gut, dass er ausziehen wollte, doch sie erinnerten sich daran, dass auch sie in diesem Alter ihren eigenen Kopf gehabt hatten. Die Schule des Lebens hatte sie grundsätzlich gelehrt, dass Chuck zwar ihr Sohn war, dass er ihnen aber nicht gehörte. Sie hatten beschlossen, ihn aufzuziehen, eine Abtreibung wäre ihnen nie in den Sinn gekommen. Sie hatten sich geliebt und geglaubt, dass die Liebe alle Hindernisse im Leben überwinden kann, solange sie diese Liebe hegten. Also wussten sie auch ohne Schulbildung, dass der Weg, den sie im Leben gegangen waren, nicht unbedingt auch Chucks Weg sein würde. Ein Vater, der Rechtsanwalt ist, eine Mutter, die Ärztin ist, wünscht sich mitunter, dass sein oder ihr Kind auch diesen Beruf ergreift, und sie merken nicht, dass sie dem Kind etwas aufzwingen, was es selbst nicht will, und dabei die Flügel der Träume stutzen, auf die jeder Mensch ein Recht hat.

Als Chuck dann ausgezogen war, hatte er seine Eltern fest gedrückt und ihnen versprochen, dass er hart arbeiten und ihnen eines Tages zu einem besseren Leben verhelfen würde.

Doch Chuck hatte nicht begriffen, dass seine Eltern alles hatten, was sie brauchten. Sie mussten wirklich für ihren Lebensunterhalt schuften, ja, aber ihre Liebe und das Einvernehmen, das sie verband, war stärker als die materielle Not, unter der sie litten. Chuck war noch jung, er begriff nicht, dass man alles schaffen kann, wenn Liebe und Erfüllung an erster Stelle stehen.

In seiner Besessenheit, es zu etwas zu bringen, weil er der Meinung war, Geld könne ihm das Glück schenken, das er nie erfahren hatte, ging sein Leben vorbei wie im Flug, und als er sein Ziel erreicht hatte, lebten seine Eltern leider nicht mehr. Sie waren bei einem Zugunglück ums Leben gekommen, und als man sie unter den verbogenen Eisenteilen des Waggons gefunden hatte, so heißt es, seien sie so fest aneinandergeklammert gewesen, dass man ihre Leichen nur gemeinsam hatte bergen können …

III

Chucks Wagen hatte das neueste Navigationsgerät, und man hatte den Eindruck, er würde von selbst fahren.

Er telefonierte kurz mit seinem Geschäftsführer und sprach mit ihm über bestimmte Aktien, die er kaufen wollte, denn nach den Insiderinformationen, die er besaß, sollten sie in den nächsten Monaten ihren Kurswert verdoppeln. Er konzentrierte sich dabei eher auf das Gespräch als auf die Anweisungen seines Navis und verfehlte die richtige Ausfahrt.

Wütend, weil er zu spät zu dem Meeting kommen würde, trat er aufs Gaspedal und raste zur nächsten Autobahnausfahrt, ohne auf sein Navi zu blicken oder auf die Automatenstimme zu hören, die ihm sagte, wie er sein Ziel schneller erreichen könnte.

Chuck hätte sich niemals vorstellen können, dass diese kurze Unaufmerksamkeit beim Autofahren ihn nicht nur sein Meeting verpassen lassen, sondern auch direkt in das Armenviertel seiner Kindheit führen würde.

Er bekam Panik. Er lenkte seinen Silberporsche durch die Slums, die vor langer Zeit seine Heimat gewesen waren, und verblasste Erinnerungen kamen in ihm hoch. Sein Herz begann zu klopfen, zu rasen. Er empfand wieder diese alte Ohnmacht, diese Trauer und diesen Schmerz darüber, dass seine Eltern sich von morgens bis abends abgemüht hatten ohne auch nur einen Funken Hoffnung, dass es eines Tages besser werden würde. Mehr noch – er bekam Angst, dass sich jemand zu sehr für ihn und seinen Wagen interessieren könnte.

Er wollte die ursprünglich angesteuerte Adresse erneut in sein Navi eingeben, war aber so nervös, dass er es versehentlich ausschaltete. Er fühlte sich so verloren und hatte solche Angst, dass er meinte, einen Herzinfarkt zu bekommen. Er konnte vor Panik nicht mehr klar denken, sein Gehirn war wie betäubt. Und so blieb ihm nichts anderes übrig, als widerwillig vor der Garage eines kleinen, alten Hauses anzuhalten und eine kurze Pause einzulegen.

Schweißgebadet parkte er. Er machte den Motor aus, verschloss alle Fenster und Türen und versuchte, sich zu entspannen und wieder zu sich zu kommen. Nur ein paar Minuten, dann würde er das Navi neu programmieren, und es würde ihn wieder aus dieser Hölle herausführen …

Ihn schwindelte. Sein Übergewicht, sein erhöhter Blutdruck – er hatte das Gefühl, gleich das Bewusstsein zu verlieren.

Doch als er fast schon Sternchen sah, entdeckte er an der Tür des alten Hauses etwas. Da stand:

»Manche Menschen sind so arm, dass sie nichts anderes besitzen als Geld.«

Und kurz bevor er ohnmächtig wurde, hörte er, wie die Tür des Hauses aufging. Dann wurde mit einem Mal alles schwarz.

IV

Chuck erwachte in einem schmalen, bequemen Bett.

Zuerst war seine Sicht noch verschwommen. Er erinnerte sich schwach, was geschehen war, hatte aber keine Ahnung, wo er war. Licht fiel durch ein Fensterchen – das einzige im Raum, mit alten, aber sauberen Vorhängen davor. Die Tür war geschlossen. Er sah ein Glas mit Wasser. Automatisch wollte er danach greifen, denn er war so hungrig und auch durstig, aber er widerstand der Versuchung, weil er noch immer nicht wusste, wo er war und wie er hier in dieses fremde Bett gekommen war. Bilder des vergangenen Tages standen ihm wieder vor Augen, er schauderte: die geschlossene Tür, das Wasserglas, das kleine Fenster – hielt man ihn gefangen? Womöglich hatte jemand seinen Porsche gestohlen, ihn entführt und verlangte nun Lösegeld … Aber er war nicht gefesselt, er konnte aufstehen. Er sah, dass seine Schuhe neben dem Bett standen, jemand hatte sie sogar geputzt. Und sein Anzug, mit Krawatte, hing an der Schranktür. Er war völlig verwirrt. Was war geschehen?

Er zog Schuhe und Anzug an und band seine Krawatte. Es war früh am Morgen. Nun fiel ihm wieder ein, dass er tags zuvor auf dem Weg zu einer Sitzung gewesen war. Sicherlich suchte man nun nach ihm, nachdem er nicht gekommen war. Er tastete nach seinem Handy, konnte es aber nicht finden. Dann erinnerte er sich, dass er es im Wagen gelassen hatte. Er hatte keine Möglichkeit, mit der Außenwelt zu kommunizieren. Was tun? Vielleicht waren da draußen seine Entführer … Er blickte durchs Fenster, aber es war vergittert und außerdem zu klein, als dass ein so beleibter Mensch wie Chuck hindurchgepasst hätte.

Er ging alle seine Optionen durch und wurde sich darüber klar, dass er nur eine hatte: Er musste diese Tür aufmachen und nachsehen, wo er war. Leise drehte er am Knauf, die Tür war nicht verschlossen. Er holte tief Luft und öffnete sie, unsicher, was er auf der anderen Seite vorfinden würde. Vor Angst brach ihm der Schweiß aus, dann nahm er all seinen Mut zusammen. Jetzt oder nie.

Chuck trat in einen langen Flur, von dem auf jeder Seite Türen abgingen.

Es war ein bescheidenes Haus, aber makellos sauber. Im Flur lag ein alter Läufer, die Wände waren gestrichen, einfach, aber blütenweiß.

Das Haus schien sehr alt zu sein, dennoch beeindruckte ihn die Ordentlichkeit und die Sauberkeit jedes Gegenstandes, den er im Flur sah. An der Decke hing ein kleiner Lüster, an der Seite stand ein verzierter Tisch, überall an den Wänden hingen Töpfe mit schönen, kleinen Blumen. Er spürte, wie tiefer Friede ihn umgab.

Dann nahm er noch etwas wahr: den herrlichen Duft frisch aufgebrühten Kaffees. Am Ende des Flurs schien eine Küche zu sein. Nun schwitzte er nicht mehr, obwohl er noch immer ein bisschen Angst hatte. Langsam ging er durch den Flur, und als er an der Küchentür war, sah er einen Mann am Frühstückstisch sitzen. Auch die Küche war sehr bescheiden, aber sauber. Alles war alt und einfach, wirkte aber dennoch wie neu.

Und da drehte sich der Mann, der da so friedlich saß und Kaffee trank, um und lächelte ihn an.

»Hallo, Chuck«, sagte er. »Ist es nicht ein wundervoller Morgen?«

Chuck bekam eine Panikattacke, dann fiel er in Ohnmacht.

Denn der Mann am Tisch, der so glücklich aussah, war Chuck selbst.

V

Wieder erwachte Chuck in dem bequemen Bett, das er schon von dem Morgen kannte, als er auf der Autobahn die falsche Ausfahrt genommen hatte und ganz unerwartet an diesem Ort und in diesem Haus gelandet war. Doch diesmal kam der Kaffeeduft aus seinem Zimmer. Der Mann, der aussah wie Chucks Ebenbild, saß in einem schlichten, aber bequemen Schaukelstuhl vor ihm und blickte ihn an. Er schaukelte und lächelte. Er sah zwar aus wie Chuck, doch er war sehr viel dünner, hatte volleres Haar und sah zehn Jahre jünger aus.

»Hallo, Chuck.«

»Hallo«, gab Chuck zurück. Er setzte sich im Bett auf und versuchte herauszufinden, was hier vor sich ging.

»Das muss dir hier alles ganz unwirklich vorkommen«, sagte der Mann im Schaukelstuhl und beugte sich zu Chuck vor. »Aber um dir die Dinge zu erleichtern – nenn mich einfach Dave. So können wir uns besser unterhalten, und dein Gehirn kann die neuen Informationen leichter verarbeiten.«

Chuck war noch immer ganz perplex.

»Tja«, sagte Dave, »offenbar bist du nun bei deiner Bestimmung angelangt – vielleicht ein bisschen spät, aber das ist in Ordnung. Übrigens«, fuhr er fort, »dein schönes Auto steht wohlbehalten in der Garage, du musst dir also keine Sorgen darum machen.«

»Danke«, sagte Chuck und erinnerte sich an sein Meeting. »Gestern wurde ich zu einer wichtigen Sitzung erwartet, und nachdem ich nicht gekommen bin, sucht man mich nun sicherlich.«

»Das glaube ich nicht«, meinte Dave. »Nicht alles, was in der Außenwelt geschieht, dringt in das Innere dieses Hauses.«

»Wie meinen Sie das?«, fragte Chuck. »Früher oder später wird mich jemand finden.«

Er blickte auf die Uhr. Er konnte es nicht glauben: 9.50 Uhr – genau zu dieser Uhrzeit hatte er vor diesem Haus geparkt.

»Was haben Sie mit meiner Armbanduhr gemacht?«, wollte er wissen.

»Gar nichts«, antwortete Dave. »Weißt du, ich bin nicht schuld an dem, was du jetzt nicht verstehen – noch nicht verstehen kannst, und an dem, was du erleben wirst, wenn du es nur zulässt … Aber nachdem du jetzt weißt, wie spät es ist, weißt du ja auch, dass die Leute in deiner wichtigen Sitzung, zu der du gehen wolltest, noch immer auf dich warten. Es sucht dich also niemand, Chuck, niemand macht sich Sorgen. In der Außenwelt hat dein Meeting noch nicht begonnen, und es wird erst dann stattfinden, wenn du diesen Ort verlässt. Es liegt allein an dir.«

Chuck zögerte, sein Gehirn war ganz benebelt, so viele neue Informationen auf einmal konnte es gar nicht aufnehmen. Was war hier los? Er hatte die falsche Autobahnausfahrt genommen, mehr nicht. Träumte er? Oder war es gar ein Albtraum? Normalerweise hätte jeder den unmittelbaren Drang verspürt, dieses Haus auf der Stelle zu verlassen, doch irgendetwas hielt Chuck hier mit aller Macht fest. Er wollte es sich erst nicht eingestehen, wusste aber, dass er deswegen nicht hier ausbrach, weil seine Kindheitserinnerungen, die Erinnerungen an dieses Viertel, das er so gut kannte und in das er nie wieder zurückkehren wollte, wie er sich geschworen hatte – und diesen Schwur auch fünfunddreißig Jahre gehalten hatte –, weil diese Erinnerungen ihn anzogen wie ein Magnet und er sich hier richtig wohlfühlte. Als gäbe es noch etwas Ungeklärtes aus seiner Vergangenheit. Er dachte an seine Eltern, und tiefe Melancholie überkam ihn.

»Es kommt immer darauf an, wie du die Welt siehst«, sagte Dave. »Die Welt ist nämlich immer so, wie du sie betrachtest. Je mehr vermeintliches Wissen du aufgibst, desto mehr wahres Wissen bekommst du zurück. Strebe nicht nach der nächsten Chance – denn du hast sie gerade jetzt in der Hand.

Und es ist vielleicht deine letzte Gelegenheit, dein Leben zum Besseren zu wenden und so zu gestalten, wie du es immer wolltest, ohne es zu wissen.«

VI

»Möchtest du Kaffee?«, fragte Dave.

»Ja … ja, danke.«

»Ich glaube, ich habe die perfekte Mischung entdeckt: dreißig Prozent Brasil pur mit etwas Arabica, der Rest ein Blend aus verschiedenen hocharomatischen afrikanischen Röstungen.« Dave goss seine köstliche Mischung in eine Tasse, das Aroma entfaltete sich in einem unwiderstehlichen Duft. »Schwarz? Mit Zucker?«

»Danke. Schwarz mit einem Teelöffel Zucker«, antwortete Chuck.

Dave verrührte den Zucker und schob die Tasse vorsichtig zu Chuck, der nun in der kleinen Küche am Tisch saß. Sogar die Tasse passte hervorragend zu dem schwarzen Kaffee. Durch ein Fensterchen konnte Chuck einen kleinen Garten mit Blumen in allen Farben sehen. Und bunte Vögel, die umherflatterten.

Chuck nahm einen Schluck, der Kaffee schmeckte wunderbar.

»Exzellent«, sagt er. »Wie haben Sie diese perfekte Mischung gefunden?«

»Mit viel Geduld – nachdem ich gelernt habe, mich an den einfachen Dingen des Lebens zu freuen, die mir wirklich wichtig sind.«

Dave trank seinen Kaffee und sah Chuck an. Ihm war aufgefallen, dass Chuck die Vögel beobachtete.

»Weißt du, warum Vögel fliegen?«, fragte er ihn.

Chuck war von der Frage ganz überrascht.

»Nun, ich denke, weil sie Flügel haben …«

»Vögel fliegen, weil sie es können, Chuck, oder weil sie wissen, dass sie fliegen müssen, um nicht zu sterben. Bei uns ist es genauso, auch wenn wir unsere Flügel nicht sehen können oder wollen. Das Leben ist ein Traum, den wir aber nicht mit geschlossenen Augen oder im Schlaf erleben sollten, sondern mit offenen Augen im Hier und Jetzt. Wir müssen keine Angst haben und auch gar nicht versuchen zu verstehen, welche Erlebnisse das Leben für uns bereithält.«

»Was meinen Sie damit?«, fragte Chuck.

»Ich kann verstehen, dass du im Moment verwirrt bist und auch Angst hast«, sagte Dave. »Doch wie bei allem im Leben wirst du dich auch an das hier gewöhnen und erfahren, dass alles, was du für unmöglich gehalten hast, durchaus möglich ist. Weißt du denn überhaupt, wo du hier bist, Chuck?«

»Ich habe keine Ahnung, um ehrlich zu sein. Ich versuche natürlich, all diese Informationen zu verarbeiten, ohne panisch zu werden, aber das ist gar nicht so einfach.«

Dave lächelte. »Das verstehe ich. Du warst auf dem Weg zu einer Sitzung, hast dich verfahren und bist plötzlich hier gelandet. Das muss wirklich völlig verwirrend sein.«

»Woher wissen Sie das? Ich habe Ihnen nichts davon erzählt.«

»Parallele Welten, Chuck. Hast du schon vergessen, dass du mich Dave nennen sollst, damit alles für dich leichter wird? Aber ich bin du, Chuck, nur in einem anderen, in einem parallelen Leben, ich habe dasselbe Erbgut und dieselben Gefühle wie du. Auch ich bin ein Chuck, also sag du zu mir.«

»Es würde mir leichter fallen, wenn ich dich weiterhin Dave nennen könnte.«

»Schön. Ich will nur, dass du dich wohlfühlst, damit du begreifst und verstehst, warum du hier bist. Es gibt nämlich keine Zufälle im Leben, Chuck, vergiss das nicht.«

Chuck nahm noch einen Schluck. Mein Gott, wie gut dieser Kaffee schmeckte! Dennoch: Jeder Mensch wäre sofort abgehauen – Chuck nicht. Sein einziges Lebensziel war zwar immer Geld gewesen und das Streben, nie wieder arm zu sein, aber er konnte zuhören. Die Neugier und die Tatsache, dass er sich in diesem Mann sehen konnte wie in einem Spiegel, nur schlanker, jünger, gesünder, gewannen die Oberhand. Vor allem aber spürte er diesen Frieden, der ihn umgab, und er wusste, dass er nicht in Gefahr war.

VII

Dave und Chuck tranken ihren Kaffee aus.

»Soll ich dir das Haus zeigen?«, fragte Dave. »Es ist nicht groß, aber ich denke, du wirst angenehm überrascht sein.«

»Und was ist mit meinem Meeting? Ich muss zumindest Bescheid sagen, dass es mir gut geht.«

»Warum siehst du nicht erst auf die Uhr?«

Chuck sah nach, es war immer noch 9.50 Uhr …

»Solange du hier in diesem Haus bist, wird dich niemand suchen, Chuck. Und ich würde dir dringend raten, noch ein Weilchen zu bleiben. Manch eine Gelegenheit bekommt man nur einmal im Leben. Also verpass gerade diese eine nicht!«

Chuck war unsicher, was er tun sollte. Doch nach so vielen Jahren sprach nun durch Dave sein eigenes Herz zu ihm:

»Vielen Menschen ist es wichtiger, nett zu sein und geliebt zu werden, als sich selbst treu zu bleiben. Vermutlich ist das ein berechtigtes Motiv, man darf aber die Treue zu seinen eigenen Prinzipien nicht mit dem Wunsch nach Geliebtwerden verwechseln. Das Leben ist wie ein Traum, den man nicht mit geschlossenen Augen im Schlaf, sondern mit offenen Augen im Hier und Jetzt erleben sollte, und man sollte die Gelegenheiten, die sich nur einmal im Leben bieten, nicht verpassen. Schon gar nicht die eine Chance, die nur für uns bestimmt ist!«

Sie gingen durch das kleine Haus. Das Wohnzimmer neben dem winzigen Bad war gleichzeitig das Esszimmer, es war bescheiden eingerichtet, die Möbel aber waren sehr gepflegt. Es gab Töpfe mit bunten, duftenden Blumen, und in einem kleinen Garten hinter dem Haus pflanzte Dave sein eigenes Gemüse an.

»Darf ich dir etwas sagen, Dave? Aber du darfst es nicht als Beleidigung auffassen.«

»Raus damit.«

»Ich hätte mir nie vorstellen können, dass es in diesem armen Viertel ein so gemütliches Häuschen wie deines gibt.«

Dave lächelte. »Danke für das Kompliment. Aus deinem Mund klingt es ehrlich gemeint. Wenn ich sehe, wie du dich kleidest und was du für einen Wagen fährst, kann ich mir leicht vorstellen, wie du lebst.«

Tatsächlich wohnte Chuck in einem teuren Stadtteil in einem exklusiv ausgestatteten Haus, das eher aussah wie ein Palast – mit zwei Küchen, sechs Schlafzimmern und einem riesigen Garten mit Swimmingpool.

»Du bist vermutlich oft zu Hause und genießt die Freuden des Komforts, mit dem du dich umgeben hast«, meinte Dave.

Chuck wurde verlegen. Ja, er hatte sich mit allem umgeben, was er sich sein Leben lang gewünscht hatte und was er für Geld hatte kaufen können. Aber er konnte sich nicht erinnern, wann er zum letzten Mal allein daheim gewesen war und es genossen hatte. Meistens ging er nur zum Duschen und Schlafen nach Hause und zog sich in einem großen, begehbaren Schrank um. Außerdem arbeitete er zu Hause immer am Laptop oder telefonierte. Den ganzen Tag lang musste der Fernseher laufen, damit er sich nicht einsam fühlte. Er hatte eine umfangreiche CD-Sammlung, doch immer wenn er Musik auflegen wollte, klingelte sein Handy oder er erinnerte sich daran, dass er gleich zu einer dringenden Sitzung musste. Der Arzt hatte ihm erst neulich geraten, mehr auf seine Gesundheit zu achten, denn er rauchte viel und wog viel zu viel. Doch er hatte keine Zeit, spazieren zu gehen oder sich etwas Gesundes zu kochen. Er konnte sich nicht einmal erinnern, wann er zum letzten Mal ein paar Tage freigenommen oder gar Urlaub gemacht hatte. Immer war er beschäftigt, denn das sind wichtige Leute nun mal. Müßiggang war für ihn Zeitverschwendung.

In derlei Gedanken versunken, fiel Chuck plötzlich etwas auf. Ein Foto an der Wand. Es sah sehr alt aus. Er ging hin und sah es an …

Ihm kamen die Tränen. Er konnte es nicht glauben. Es war das Bild eines jungen Paares und ihres kleinen Kindes. Sie lächelten, sie lächelten aus voller Seele … Der Mann hatte das Kind auf dem Arm, die Frau sah es mit einem so liebenden Blick an, den nur Mütter haben, und hielt zärtlich die Hand des Mannes.

Er drehte sich zu Dave um. »Das sind meine Eltern. Und das bin ich!«

Dave lächelte.

»Willkommen daheim, Chuck!«

Zum ersten Mal begriff Chuck ganz tief in seinem Inneren, dass der Mann, der vor ihm stand und den er Dave nannte, er selbst war.

Es war kein Traum. Es war die blanke Wirklichkeit. Chuck wurde sich bewusst, dass der einzige Unterschied zwischen ihm und Dave darin bestand, dass Dave beschlossen hatte, zu Hause zu bleiben und nicht wegzurennen.

Parallelwelten sind wirklich, sie existieren aus unserem freien Willen heraus und aufgrund unserer eigenen Entscheidung.

VIII

Die Tage vergingen. Chuck wurde mit der Umgebung vertraut, er fühlte sich sicher, und er entspannte sich, denn er wusste, dass er in dem Haus war, in dem er geboren worden und aufgewachsen war, großgezogen von wundervollen Eltern.

Gerade hatte er eine köstliche Mahlzeit verzehrt, die Dave zubereitet hatte – nichts Aufregendes, nichts, was man mit dem vergleichen konnte, was Chuck bei den Geschäftsessen mit anderen Unternehmern in irgendwelchen Nobelrestaurants aß. Für Chuck war Zeit Geld, also hatte er sich angewöhnt, zu Mittag oder zu Abend zu essen, während er übers Geschäft sprach und dabei die vorzüglichen Gerichte, die er bestellte, gar nicht genießen konnte.

Das Essen mit Dave war ganz anders gewesen. Chuck hatte zugesehen, wie Dave sorgfältig Gemüse und einen Bund Kräuter aus dem eigenen Garten ausgesucht hatte. Er hatte alles liebevoll mit einem spirituellen Ritual geerntet und dem Gemüse und den Kräutern gedankt, dass er sie heute essen durfte. Dann hatte er eine weiße Schürze umgebunden, beruhigende Musik angestellt und sich in aller Ruhe und voller Genuss auf die Zubereitung des Mahls aus selbst gezogenem und selbst geerntetem Gemüse konzentriert, das er mit Chuck teilen wollte. Chuck hatte das Gefühl, dass Dave nicht nur Essen kochte, es war ein Akt der Liebe, denn Dave genoss allein schon die Vorbereitungen.

Und da wusste Chuck, was Dave ihm damit zeigte: dass es nicht unbedingt Zeitverschwendung sein muss, wenn man Dinge tut, die wichtigen Leuten unwichtig erscheinen. Dass Schönheit und Glück im Auge des Betrachters liegen und nicht unbedingt im Offensichtlichen. Vielleicht liegt die Antwort in der Art und Weise, wie wir das Leben sehen wollen; wenn wir wissen, für welchen Weg wir uns entscheiden, können wir viele Dinge, die das Leben uns schenkt, möglicherweise schätzen, gleichzeitig aber übersehen wir unter Umständen, dass wir damit auch Türen zuschlagen und die wahre Schönheit, die an jeder Ecke der Welt auf uns wartet, dahinter wegsperren.

IX

Chuck spürte, dass sich tief in seinem Inneren etwas veränderte.

Er wusste gar nicht mehr, wie lange er schon in diesem Haus war, das er gefunden hatte … aus purem Zufall? Nein, er begriff langsam, dass es kein Zufall war, denn die Wahrscheinlichkeit, dass er vor seinem Elternhaus parken würde, war eins zu einer Million. Etwas war passiert, das Chuck erst ganz allmählich verstand. Er machte sich keinen Stress, keine Sorgen. Die Zeit schien in diesem gemütlichen Häuschen einem ganz anderen Rhythmus zu folgen, und dabei ging es ihm gut.

Dave goss die Pflanzen, die Kräuter und das Gemüse in seinem Gärtchen, die er mit so viel Liebe hegte und pflegte. Wenn Chuck ihn ansah, merkte er, dass Dave seinen Seelenfrieden gefunden hatte und dazu nichts weiter brauchte als das, was er hatte.

Chuck wollte duschen. Im Bad hingen alte, aber saubere Handtücher, und Dave hatte Chuck einen Bademantel geliehen, in dem er sich wohlfühlte. Nach dem Rasieren blickte er in den Spiegel. Er fühlte sich jünger und sah auch jünger aus. Vielleicht lag es am gesunden Essen. Oder am fehlenden Stress. Vielleicht auch an einer Kombination von vielen Dingen, die er in seiner wahnwitzigen Jagd nach Erfolg so lange nicht mehr gehabt hatte. Wann hatte er zum letzten Mal eine Zigarette geraucht?

Er ging wieder durch das Haus, das ihm nun so vertraut war. Kindheitserinnerungen kamen in ihm hoch, und er merkte, dass er eine wundervolle Kindheit gehabt hatte – abgesehen von der Tatsache, dass seine Eltern so schwer hatten arbeiten müssen. Nun sah er es ein. Manchmal ist das Leben eben so: Erst wenn wir es verlieren, lernen wir zu schätzen, was wir haben. Oder wir behalten nur die schlechten Dinge in Erinnerung, während die guten verblassen – die uns aber bis zum Ende begleiten werden, wenn wir eine positive Einstellung zum Leben gewinnen.

Gedankenverloren kam Chuck in den Flur, von dem die vielen Türen abgingen. Er hatte sich nicht getraut, Dave danach zu fragen.

Waren es Zimmer, Schränke, Werkräume, fragte er sich.

»Weißt du inzwischen, warum du in dein Elternhaus zurückgekehrt bist?«, fragte Dave.

»Um ehrlich zu sein, ich bin mir noch nicht sicher«, antwortete Chuck.

Dave lächelte. »Ich habe gesehen, dass du ganz neugierig an diesen Türen vorbeigehst und dich fragst, was sich dahinter verbirgt. Doch aus Höflichkeit hast du mich nicht gefragt.«

»Ich dachte, es seien vielleicht Daves ganz private Räume.«

»Und Chucks.«

»Wie meinst du das?«

»Vermutlich hast du schon gemerkt, dass in diesem Häuschen viele schöne Lebenserinnerungen von dir stecken, die du aber nicht mehr parat hast, Chuck. Nun ist der richtige Moment gekommen, dich aufzuklären. Ich wollte zwar, dass du mich Dave nennst, damit all diese neuen Dinge, die gleichzeitig geschehen, nicht so verwirrend für dich sind. Aber früher oder später musst du der Tatsache ins Auge blicken, dass wir ein und dieselbe Person sind, einzig mit dem Unterschied, dass du weggelaufen bist, ich mich aber zum Bleiben entschieden habe. Der Rest ist gleich: Wir entwickeln uns je nach den Entscheidungen, die wir treffen. Du weißt schon – ob man eine Tür öffnen und eine Welt betreten will, in der man den Rest seines Lebens verbringen wird ...«

Chuck besah sich nervös die Türen rechts und links. »Du meinst diese Türen hier, nicht wahr?«

»Ja. Mama und Papa haben uns so sehr geliebt, dass die harte Arbeit, bei der du sie jeden Tag gesehen hast und die dir damals wie ein vergeudetes Leben vorgekommen war, für sie ein Akt der Liebe war. Damit ich und du und die anderen Chucks, die wir alle in parallelen Welten leben, selbst entscheiden können, was für ein Leben wir führen wollen.«

»Du meinst, wir sind wie Zwillingsbrüder?«

»Nein«, sagte Dave. »Es gibt nur einen Chuck. In mir siehst du den Spiegel deiner Seele, wenn du dich für meinen Lebensweg entschieden hättest. Wir sind beide real, leben aber in anderen Welten. Wir sind eins, eins bist du auch mit den anderen Chucks, die du hinter diesen Türen treffen wirst, wenn du sie öffnest.«

Chuck zauderte. Er wusste, dass er alles erreicht hatte, nach dem er sich als Kind so verzweifelt gesehnt hatte. Dennoch ging es ihm nicht gut, und er war einsam. Er hatte andere Menschen kennengelernt, die andere Wege gegangen sind, und er fragte sich, was aus ihm geworden wäre, wenn er an einem bestimmten Punkt etwas anderes, vielleicht etwas Schönes gemacht hätte. Aber das konnte er nicht wissen, nachdem er erst einmal die Entscheidungen über seine Zukunftsplanung getroffen und damit Türen zugeschlagen hatte, die ihn wahrscheinlich auf bislang unbekanntes Terrain geführt hätten.

Aber nun hatte der Spiegel seiner Seele gesprochen, und Chuck konnte diese innere Stimme nicht mehr zum Schweigen bringen. Nie mehr! Das »Was wäre, wenn«, über das er so oft nachgedacht hatte, war hier nun zum Greifen nah, und wie er aus der Geschäftswelt wusste, in der er sich so gut auskannte, bekommt man eine bestimmte Chance mitunter nur ein einziges Mal im Leben.

»Ich bin bereit, Dave«, sagte er.

»Sehr schön! Dann lasse ich dich jetzt eine Weile allein, dieses Haus gehört dir schließlich genauso wie mir. Nimm dir Zeit, Chuck. Du hast im Leben alles erreicht, was du dir vorgenommen hattest. Vielleicht ist es nun Zeit, etwas Neues zu beginnen und zu ernten, was du gesät hast, ohne es zu wissen.«

Dave blickte Chuck einen Moment lang tief in die Augen, und Chuck sah zum ersten Mal, dass Dave seine eigene Seele war, die beschlossen hatte, das Leben aus einer anderen Perspektive zu betrachten. Bevor Dave ging, sagte er noch mit einem spöttischen Lächeln:

»Keine Sorge wegen deines Meetings – solange du das Haus nicht verlässt, werden die anderen weiter auf dich warten.«

X

Die Pforte der Liebe

Vorsichtig drehte Chuck den Knauf einer der alten Türen. Er fand einen kleinen Raum vor und beschloss, hineinzugehen.

Sofort roch er einen ganz besonderen Duft, der aus allen Ecken auf ihn einzuströmen schien. Er versuchte, den Geruch einzuordnen, es gelang ihm aber nicht. Es roch gut, nicht wie

Blumen oder feines Essen, nein, es war ein ganz eigener Duft. Chuck hatte das Gefühl, er würde jede einzelne Zelle seines Körpers erfüllen und in seine Seele dringen.

Er ging im Zimmer umher, an den Wänden hingen alte Fotos. Seine Eltern erkannte er gleich, auch sich selbst. Er hatte einen Kloß im Hals, Tränen rannen ihm über die Wangen. Was ihn aber wirklich schockierte, war, dass er trotz der langen Zeit, die vergangen war, immer noch diese Erinnerungen an die Armut hatte, an seine Eltern, die nie Freizeit gehabt hatten. Er hatte diese Erinnerungen gehasst und sie aus seinem Gedächtnis löschen wollen, es war ihm aber nie gelungen.

Chuck betrachtete die Fotos und sah, dass er und seine Eltern auf allen Bildern lächelten. Sie schienen sein Leben seit seiner Geburt zu dokumentieren. Auf einem war er schätzungsweise ein halbes Jahr alt, auf anderen sichtlich älter, hielt aber noch immer die Hand von Vater oder Mutter, um nicht zu fallen. Dann war er vier, fünf oder sechs Jahre alt und lächelte wie ein sehr glückliches Kind! Woher kamen denn all die schlechten Erinnerungen, die er in seinem Herzen gehegt hatte, seit er von zu Hause ausgezogen war? Er war überzeugt gewesen, dass sie der Wirklichkeit entsprochen hatten, die Bilder aber bewiesen ihm das Gegenteil.

Irritiert ging er weiter durch das kleine Zimmer und sah einen kleinen Tisch an der Wand. Darauf stand eine alte Kiste, der Deckel war zu, aber im Schloss steckte ein Schlüssel. An irgendetwas erinnerte sie ihn, er konnte aber nicht herausfinden, warum. Also drehte er langsam den Schlüssel und klappte vorsichtig den Deckel auf.

Was er darin entdeckte, ließ ihn schaudern. Darauf war er nicht vorbereitet gewesen. Wieder liefen ihm Tränen übers Gesicht, als er die kleinen Schätze aus der Kiste holte. Denn Chuck erinnerte sich nun, dass er seine Schätze gehabt hatte wie jedes Kind und dass er die Dinge, die ihm als kleiner Junge lieb und teuer gewesen waren, in dieser Schatzkiste verstaut hatte. So wie das kleine Spielzeugauto, das sein Vater für ihn aus Holz gebastelt und das er an einer Schnur durchs ganze Haus gezogen hatte. Oder seine Briefmarkensammlung – alte kleine Briefmarken von der Post, die seine Eltern bekommen hatten; seine Mutter hatte die Briefmarken vorsichtig ausgeschnitten und in Wasser gelegt, bis sich der Klebstoff von der Rückseite gelöst hatte. Er erinnerte sich auch an jenes Weihnachtfest, als seine Eltern ihm ein Briefmarkenalbum geschenkt hatten, in dem er seine geliebten Briefmarken nach Ländern, Jahrgang oder Farbe ordnen konnte. Und er fand auch das kleine Modellflugzeug …

Chuck hielt inne – er hatte ganz vergessen, dass er fünfzig Jahre alt und ein erfolgreicher Geschäftsmann war. Er hatte das Gefühl, sich wie ein »anderer« Chuck zu verhalten, wie ein Jugendlicher voller Träume, der glücklich damit ist, sich über die einfachen Dinge des Lebens zu freuen und sich an sie zu erinnern. Es ging nicht um die Gegenstände selbst – das Briefmarkenalbum, das Flugzeug, das kleine Auto, das sein Vater mit so viel Liebe für ihn gemacht hatte –, sondern um die Bedeutung, die sie zu einer bestimmten Zeit für ihn gehabt hatten, zu einer Zeit, die er vergessen hatte. Und plötzlich wusste Chuck tief in seinem Inneren, was dieser Geruch war, der im Raum hing und den er mit jeder Faser seines Wesens erfasst hatte:

Es war der pure, reine Duft der Liebe.

Dann fand Chuck auch noch einen Brief in seiner Schatzkiste. Er wusste nicht gleich, was er zu bedeuten hatte, und faltete ihn sorgfältig auf: ein Brief, den seine Mutter vor vielen Jahren seinem Vater geschrieben hatte:

Mein über alles Geliebter,
die meisten Menschen wünschen sich ein Leben lang Liebe und Glück. Doch leider hat die Wirklichkeit uns gezeigt, dass ewige Liebe nicht so häufig vorkommt. Paare trennen sich, die Zeiten ändern sich und auch die Menschen, und auf einmal sind alle Versprechungen, die man sich gegeben hat, wie verflogen. Manchmal will man einfach nicht länger irgendwo bleiben oder länger mit jemandem zusammen sein. Leider gewöhnt man sich im Lauf der Jahre an Dinge, die man nicht mag oder die einem nicht gefallen, doch der Wille und die Kraft, etwas oder jemanden zu verlassen, ist schon lange gebrochen, und das restliche Leben ist überschattet, wenn man beschließt, doch lieber im sicheren Hafen zu bleiben. Wir aber hatten Glück! Wir sind zusammengeblieben, in guten wie in schlechten Zeiten, und unsere Liebe ist sogar noch größer geworden, als Chuck geboren wurde. Dadurch konnten wir unsere Ketten sprengen, konnten uns selbst treu bleiben und etwas aufbauen, das zeitlos

ist: unsere Liebe. Ich erinnere mich, als sei es erst gestern gewesen, wie wir uns zum ersten Mal in die Augen geblickt haben und wussten, dass wir gemeinsam etwas erschaffen würden. Wir haben das Geheimnis gefunden, unsere Liebe ewig währen und sogar Tag für Tag noch wachsen zu lassen, weil wir uns ineinander verliebt hatten. Aber wir hatten uns einander nicht fürs ganze Leben versprochen, wir haben gelernt, unsere Liebe jeden Tag neu zu leben und jeden Tag diese einfachen, aber wundervollen Worte zueinander zu sagen:
»Heute werde ich Dich lieben, und ich weiß, dass ich Dich auch morgen lieben werde«, und morgen werde ich auch zu Dir sagen:
»Heute werde ich Dich lieben, und ich weiß, dass ich Dich auch morgen lieben werde …«

Chuck legte den Brief in die Holzkiste zurück und schloss sie. Dann verließ er den Raum, in dem so viele Kindheitserinnerungen zu ihm zurückgekommen waren. Doch statt der Trauer über die Kindheit, die er so jämmerlich verbracht zu haben glaubte, überkam ihn Melancholie, aber auch ein Glücksgefühl. Endlich war ihm bewusst, dass er in finanzieller und materieller Hinsicht zwar eine karge Kindheit gehabt, damals aber zweifellos auch eine wundervolle Zeit voller Liebe erlebt hatte – dank dieser beiden prachtvollen Menschen, die ihr Bestes gegeben und mit Mühe und Liebe dafür gesorgt hatten, dass ihr Sohn es einmal besser haben würde.

Doch das Wichtigste, das Chuck daraus gelernt hatte: Egal, wie hart es auch kommen mochte, egal, wie verzweifelt die Lage auch sein mochte – Liebe übersteht die härtesten Prüfungen und kann immer weiter wachsen. Das wusste er nun.

Er wurde sich darüber klar, was seine Eltern für ihn getan hatten, ohne je etwas zurückzufordern. Gleichzeitig hatten sie all diese Opfer mithilfe der Liebe zueinander und zu ihrem Sohn gebracht.

Er warf noch einen letzten Blick in dieses schöne Zimmer, in dem er seinen ersten Lebensabschnitt verbracht hatte. Und bevor er sachte die Tür schloss, atmete er noch einmal mit vollen Lungen die Liebe ein, die den ganzen Raum erfüllte, den Duft purer, reiner Liebe.

Die Kindheitserinnerungen hatten Chuck mit neuer Kraft erfüllt, er fühlte sich wie neugeboren.

Auf der anderen Seite des Flurs, direkt gegenüber der Tür, die Chuck gerade geschlossen hatte, schien eine weitere Tür auf ihn zu warten. Seit er dieses Zimmer im Haus seiner Kindheit wieder betreten hatte, waren merkwürdige, aber wundervolle Dinge geschehen. Obwohl sein Verstand nur äußerst widerwillig diese Neuentdeckungen erfassen konnte und wollte, nachdem er fünfzig Jahre lang stur wie ein Esel an derselben Einstellung festgehalten hatte, übernahm eine sehr viel größere Kraft die Kontrolle über seine Handlungen: die Kraft seiner Seele. Sein Kopf sagte ihm, er solle dieses Haus verlassen, aber sein Herz hielt ihn fest. In so kurzer Zeit hatte er schon so vieles gelernt!

Also öffnete Chuck die nächste Tür.

Der Raum war fast leer, an den Wänden hingen keine Bilder, es gab nichts außer einem kleinen alten Holztisch und einem schlichten Stuhl mitten im Raum. Chuck trat näher. Auf dem Tisch stand ein Aquarium, gefüllt mit großen und kleinen Kieselsteinen und mit Sand.

Er war völlig verdutzt. Er setzte sich auf den Stuhl und wusste nicht, was er damit anfangen sollte.

Doch dann erinnerte er sich …

Es war in einer Physikstunde in der Schule des armen alten Viertels gewesen. Er konnte ganz deutlich das schöne Gesicht seiner alten Lehrerin vor sich sehen, die damals sehr viel jünger war als Chuck heute. Aber das Leben hatte seinen Lauf genommen, und Chuck war nun älter als alle Lehrer, die er jemals in der Schule gehabt hatte, um einiges älter auch als seine Eltern, als er sie zum letzten Mal gesehen hatte.

Zeit ist lediglich eine physikalische Realität, die wir erschaffen, ein Raum, in dem wir aus dem Buch des Lebens lernen können, während wir ihn von Anfang bis Ende durchlaufen. Doch es gibt keine Regeln oder Grenzen in unserem Herzen, sodass wir in diesem Kontinuum ständig in Bereiche vor- und zurückgehen können, die man Vergangenheit oder Zukunft nennt. So können wir sicher sein, dass wir niemals vergessen, warum wir auf diese Welt, auf diesen herrlichen Planeten Erde gekommen sind.

Chuck also erinnerte sich deutlich, wie er im Klassenzimmer gesessen und darauf gewartet hatte, dass die Lehrerin mit dem Unterricht begann. Sie erklärte, dass sie heute eine magische Stunde halten wolle über das Thema *Volumen* – und vielleicht auch über sehr viel mehr für all diejenigen, die offen seien für alles …

Sie bat die Schüler ans Pult. Dort drängten sich die Kinder verblüfft um ein Aquarium, das die Lehrerin aufgestellt hatte. Sie fragte, ob es leer sei oder voll.

»Leer!«, riefen die Schüler im Chor.

»Gut«, sagte sie und zog eine Schublade auf, in der mittelgroße Kiesel lagen. Sie bat die Kinder, das Aquarium vorsichtig mit den Steinen zu füllen. Im Nu war der Glasbehälter voll, und es war kein Platz mehr für weitere Kiesel.

»Und nun? Ist das Aquarium voll?«

»Ja!«, sagte die Klasse überzeugt.

Lächelnd zog sie eine andere Schublade mit kleinen Kieselsteinen auf und begann, die Steinchen langsam in den Behälter zu füllen.

Die Schüler sahen fasziniert zu, wie die einzelnen runden Steinchen einen Weg in die Hohlräume zwischen den größeren Kieseln fanden und sie auffüllten.

»Und nun? Ist er voll?«

»Ja!«, riefen wieder alle, noch überzeugter als zuvor.

»Seid ihr sicher?«

»Ja, ja!«, ertönte es ausnahmslos.

Mit demselben schönen Lächeln holte sie eine Tasche unter dem Pult hervor. Die Schüler fragten sich verwundert, was darin sein könnte und was die Lehrerin nun mit dem geheimnisvollen Inhalt anstellen würde. Sie öffnete die Tasche und kippte sie. Mit einem leisen Rauschen fiel Sand in das Aquarium und füllte den Raum zwischen den größeren und kleineren Steinen aus. Darauf folgte langes Schweigen.

Chuck erinnerte sich, dass er zwar nicht wusste, was die anderen dachten, er aber fand das Ganze verrückt, verwirrend, unglaublich – es hatte sein kindliches Denken auf den Kopf gestellt. Obwohl er den Beweis vor Augen hatte, begriff er nicht, wieso er sich seines Urteils so sicher hatte sein können und dennoch so falschgelegen hatte.

Aber nun war das Aquarium voll, der Sand hatte es komplett aufgefüllt. Ganz sicher!

»Ist das Aquarium voll?«, lautete wieder die unheimliche Frage.

Nach einer kleinen Debatte unter den Schülern antworteten alle mit Inbrunst:

»Ja!«

Die Lehrerin bedachte sie mit einem liebevollen Blick, dann sah sie Chuck kurz an:

»Bist du sicher, Chuck?«

Alle Augen waren auf Chuck gerichtet. Er hatte zwar seine Zweifel, aber er sagte:

»Ja, jetzt ist das Aquarium voll. Ich kann keinen einzigen freien Zwischenraum mehr erkennen.«

Seine Mitschüler stimmten ihm zu.

Die Lehrerin fragte nicht noch einmal nach, sie stand nur vor der Klasse und sah die

Schüler an, die alle in das Aquarium starrten, dann die Lehrerin anblickten und spürten, wie Unsicherheit sie beschlich. Aber jetzt war es doch richtig voll, sie konnten sich nicht irren!

Das Schweigen der Lehrerin jedoch ließ sie an dem zweifeln, was sie sahen oder, besser gesagt, was sie zu sehen glaubten: einen vollen Behälter, gefüllt mit großen und kleinen Steinen und mit Sand. Die Lehrerin wollte sie nur durcheinanderbringen!

Dann bückte sie sich unter den skeptischen Blicken ihrer Schüler wieder und holte unter ihrem Pult, das voller Überraschungen zu sein schien, einen kleinen Eimer hervor. Noch etwas? Was könnte sie denn nun noch hinzufügen? Egal, was in dem Eimer war – es konnte unmöglich in den Glasbehälter passen, der ja schon voll war. Sie hob den Eimer an und goss vorsichtig die magische Substanz ins Aquarium, der wir unser Leben verdanken: Wasser. Die Schüler trauten ihren Augen nicht. Die farblose Flüssigkeit wurde vom Sand absorbiert, der Behälter nahm immer mehr davon auf, bis der Sand vollständig mit Wasser gesättigt war.

»Jetzt ist er voll!«, sagte sie mit einem bezaubernden Lächeln und fuhr fort: »Wir alle haben Hohlräume in uns, von denen wir nichts wissen. Wir leben damit und spüren sie, verleugnen sie aber. So wie ihr nicht glauben wolltet, dass noch Platz im Aquarium ist, so weigern wir uns, die Wahrheit unserer inneren Räume zu sehen. Wir versuchen, sie mit dem falschen Material, mit den falschen Substanzen aufzufüllen. Wir kaufen Dinge, wir gehen aus, wir trinken mehr, wir essen mehr, wir haben viele Beziehungen. Immer sehen wir uns nach Neuem um, nach diesem einen Ding, das die Gabe hat, alle freien Räume in uns auszufüllen, was die ›Steine‹ – also Autos, Häuser, Schmuck, Kleider, Trophäen – nicht schaffen konnten. Aber dieses Eine ist kein Ding!«

Und so verstand Chuck vierzig Jahre später, was dieses Wasser zu bedeuten hatte und warum er sich zeit seines Lebens so schmerzlich einsam gefühlt hatte: Das Wasser stand für den spirituellen Inhalt, den wir nicht sehen oder berühren, wohl aber spüren und erahnen können wie das Wasser, das den Sand getränkt hatte. Mit diesem kleinen wissenschaftlichen Versuch wurde bewiesen, dass vieles unseren Augen zwar verborgen bleibt, aber dennoch existiert.

Chuck wusste nun, dass er sich nie wieder so fühlen würde wie noch kurz zuvor – lebendig begraben –, solange er sein »Wasser« immer neu auffüllte und innere Erfüllung fand.

Chuck drehte den nächsten Knauf und öffnete die Tür zu einem kleinen Zimmer. Durch ein schönes Fensterchen konnte man auf das ärmliche Viertel sehen. Spielzeug lag herum, eine kleine Wiege stand unter einer Stuckdecke, die mit phosphoreszierenden Sternen geschmückt war. An den billigen Tapeten hingen ein paar Bilder. Eines davon zeigte ein Baby in den Armen der Mutter; sie war zwar bescheiden gekleidet, aber aus ihrem Lächeln strahlte Liebe. Es gab auch ein Nachttischchen mit einer kleinen verrosteten Lampe, ein paar alte Möbelstücke und Kinderkleider.

Er erkannte den Raum sofort wieder: sein Kinderzimmer in dem alten Häuschen in diesem heruntergekommenen Viertel, in das er nie wieder hatte zurückkehren wollen … Und nun betrachtete er diese schlichten Dinge hier ohne den Hass, den er manchmal verspürt hatte, wenn er von der Schule heimgekommen war. Wenn man als reifer Mensch mit guten und schlechten Erinnerungen wieder an einen geliebten oder verhassten Ort zurückkommt, kann man ihn aus einem ganz anderen Blickwinkel sehen, und genau das erlebte Chuck in diesem Moment. Seine Kindheit war alles in allem gar nicht so schlimm gewesen, verglichen mit all dem, was er auf seiner fünfzigjährigen Lebensreise schon alles gesehen hatte. Länder, in denen Kinder im Krieg umkamen, Länder, in denen Tausende Kinder an Hunger oder unheilbaren Krankheiten starben. Chuck wusste nun, dass seine Eltern nicht für sich selbst so hart gearbeitet hatten, sondern für ihn. Er hatte zwar nicht so tolle Spielsachen gehabt wie manche anderen Kinder, aber sein kleines Haus war immer voller Liebe gewesen, und anders als er gedacht hatte, hatte er gar keine erbärmliche Kindheit gehabt.

Nie hatte er Hunger oder Durst leiden, vor allem nie auf Liebe und Zuneigung verzichten müssen. Keine Sekunde lang. Nun war ihm klar, dass seine liebenden Eltern alles nur für ihn getan hatten. Sie hatten ihre Träume, ihr eigenes Leben hintangestellt und sogar geopfert, damit er eines Tages seine eigenen Träume wahr werden lassen konnte. Und diese Entscheidung hatten sie aus Liebe zu ihm getroffen, nicht aus Unfähigkeit. Ihr Sohn sollte ein besseres Leben haben – das war ihr Traum gewesen.

Da brach der fünfzigjährige Chuck in Tränen aus. Er war so ungerecht gewesen, als er seine Eltern als Versager abgestempelt hatte. Nun sah er ein, dass die wahren Gewinner ganz unauffällig durchs Leben gehen. Ihr Handeln hatte nur ein Ziel gehabt: Chuck. Jetzt bereute er es, dass er sie verlassen hatte, um für ein besseres Leben zu kämpfen. Erst jetzt, nachdem er durch harte Arbeit ganz oben angekommen war, wurde ihm klar, dass alles, was er wirklich gebraucht hatte, schon in diesem hübschen Zimmerchen vorhanden gewesen war, und dass er ohne das niemals derjenige geworden wäre, der er nun war, ganz egal, wie viele Firmen er noch gründete, wie viele Luxuskarossen er noch fuhr, wie viele große, teure Villen er noch besaß. Er hatte vergessen gehabt, dass er als Kind die drei wichtigsten Dinge im Leben besessen, sie aber immer als selbstverständlich genommen und nicht geschätzt hatte: Liebe, Gesundheit, innere Erfüllung.

Er ging zu der offenen Tür, doch bevor er das Zimmer verließ, begriff er, dass er so lange traurig gewesen war, weil er mit dem Rücken zur Sonne durchs Leben gegangen war. Nun musste er stark, aber bescheiden sein, egal, was die Zukunft bringen mochte. Er musste sich selbst vergeben und sich zur Sonne drehen, erst dann könnte er die Schönheiten und Wunder des Lebens erleben. Man kann die ganze Welt in einem Sandkorn entdecken, den Himmel in einer Blume finden, die Wärme auf seiner Hand spüren. Bewusst leben – das ist das Geheimnis!

Es ist nie zu spät, das Gesicht zur Sonne zu heben. Das darf man nie vergessen.

Nun stand Chuck vor der letzten Tür.

»Was wird mich wohl hier erwarten?«, fragte er sich

Er öffnete die Tür. Dahinter lag die Garage, in der sein schöner silberner Porsche stand, der Schlüssel steckte noch im Zündschloss. Aber der Raum sah gar nicht so aus wie die Garage, vor der er neulich geparkt hatte – vor dem Haus der Wunder mitten im Slum seiner Kindheit. Plötzlich fiel die Tür hinter ihm von selbst zu.

Er erinnerte sich: eine recht schöne Garage … Dort stellte er immer den Wagen ab, bevor er ins Büro ging … Er entsann sich vage, dass er auf dem Weg zu einer seiner Firmen gewesen war, denn er hatte eine wichtige Sitzung … Er nahm den Fahrstuhl zum obersten Stockwerk des höchsten Wolkenkratzers im Geschäftsviertel der Stadt, wo er seinen Firmensitz hatte.

Er blickte auf die Uhr …

9.50 Uhr …

Genau zu dieser Zeit hatte er die falsche Ausfahrt genommen …

War denn alles nur ein Traum gewesen?

»Guten Morgen, Sir«, sagte eine junge Frau. »Pünktlich wie immer! Der Vorstand wartet schon, dass Sie die Sitzung eröffnen.«

»Welche Sitzung?«, fragte Chuck.

»Sie haben sie gestern noch spät am Abend einberufen. Es war nicht leicht, alle Vorstandsmitglieder zu erreichen, aber wir haben es geschafft.«

Chuck sagte nichts. Er öffnete die Tür zum Konferenzzimmer. Ein riesiger Tisch, an dem ein gutes Dutzend Herren saßen. Sie standen alle gleichzeitig auf, als Chuck den Raum betrat.

»Guten Morgen, Mister Smith«, sagten sie.

»Guten Morgen.« Chuck wusste, dass es um etwas Wichtiges ging, aber er erinnerte sich nicht mehr, worum genau. Als wäre alles aus seinem Gedächtnis gelöscht, konnte er nicht mehr einschätzen, was wichtig war und was nicht.

Er blickte aus der Fensterfront. Ein strahlend blauer Himmel, nicht ein Wölkchen am

Horizont, unter ihm Grünanlagen mit schönen Bäumen. In einem der Parks spielten Kinder. Plötzlich flog direkt vor dem Fenster ein Vogelschwarm vorbei und änderte seine Formation.

Im Raum herrschte Stille. Die gut angezogenen Herren hatten sich wieder gesetzt und sahen Chuck neugierig an.

»Ist alles in Ordnung, Chuck?«, fragte ein Vorstandsmitglied.

Chuck sagte nichts.

»Chuck, alles okay?«

Er wusste, dass gar nichts okay war. Er merkte, wie seine Hände zitterten. Eine innere Stimme sagte ihm, dass hier an diesem Ort kein Platz mehr für ihn war. Er sah die Vorstände an, alles Freunde und Kollegen. Und die Erkenntnis von der Bedeutung dieses Raumes durchfuhr seine Seele wie ein Blitz: Er stand für Gier.

Das Einzige, was diese Männer verband, war das Streben nach Geld, nach mehr Geld, als sie je brauchen würden. Denn alle seine Freunde und Geschäftspartner waren die Leiter hochgeklettert, die man Erfolg nennt. Das war zwar nicht verwerflich, aber Chuck sah endlich ein, dass er schon längst darauf hätte verzichten können. Es war nur eine Möglichkeit, die leeren Räume seiner Existenz auszufüllen, um sich lebendig zu fühlen. Und er erinnerte sich an diese tolle Lehrerin, die genau das anhand eines Aquariums erklärt hatte. Er konnte sich zwar vorstellen, dass die Sitzung, die nun beginnen sollte, voller Steine, kleiner Kiesel und Sand wäre, und er wusste, dass er jahrelang gedacht hatte, alles sei voll und würde sein Leben erfüllen, aber es war ganz einfach kein Wasser darin. Dann erinnerte er sich an den Satz, den er gelesen hatte, als er voller Angst und Bange seinen Porsche vor der fremden Garage geparkt hatte:

»Manche Menschen sind so arm, dass sie nichts anderes besitzen als Geld.«

Er lächelte und setzte sich. Alle starrten ihn an, manche besorgt, andere verwundert. Und bevor noch jemand etwas sagen konnte, ergriff Chuck das Wort:

»Liebe Freunde, vielleicht klingt das in Ihren Ohren etwas komisch, aber ich würde Ihnen gern eine kleine Geschichte über ein

Aquarium und die wirklich wichtigen Dinge im Leben erzählen.«

Als er geendet hatte, war es still im Raum. Eine Weile lang schwiegen all, dann sagte einer der Herren im schönen Anzug: »Nette Story, Chuck. Können wir jetzt wieder übers Geschäft reden?«

Alle nickten zustimmend. »Ja«, sagten sie, »wir sollten eine Strategie entwickeln, um diese Aktien zu kaufen, über die wir letzte Woche gesprochen haben.«

Chuck blickte ihnen in die Augen und sah darin die Leere seiner eigenen Existenz gespiegelt. Es tat ihm leid für seine Kollegen, aber ihm war klar, dass das Leben ihm vielleicht die letzte Chance geschenkt hatte, diese Welt zu verlassen, in der er den Großteil seines Lebens verbracht hatte.

»Würden Sie bitte einen Moment warten? Ich muss kurz telefonieren. Privat.«

»Sicher, kein Problem, lassen Sie sich Zeit, Chuck«, sagte einer der Männer. »Wenn Sie nichts dagegen haben, tauschen wir schon einmal unsere Überlegungen zum Aktienkauf aus.«

»Danke.« Chuck stand auf, ging zur Tür und schloss sie hinter sich.

Denn er würde diesen Konferenzraum nie wieder betreten. Nie mehr.

Er ging zu seinem Wagen und stieg ein. Er machte die Tür zu, ließ die Rückenlehne hinunter und schloss die Augen. Sofort war er eingeschlafen. Er hatte sich noch nie so müde gefühlt.

Als er wieder aufwachte, begriff er erst nicht, was er hier in seinem Auto tat. Nach einer Weile aber kam sein Gehirn wieder in Gang, und er erinnerte sich verschwommen, dass er in einer Sitzung gewesen war. Es war Morgen. Er sah auf die Uhr. 9.50 Uhr – am nächsten Tag! Er hatte also fast vierundzwanzig Stunden geschlafen. Und niemand hatte ihn gesucht, nachdem er das Konferenzzimmer mit der Entschuldigung, telefonieren zu müssen, verlassen hatte. Verwirrt blickte er durch die Windschutzscheibe. Er lächelte. Sein Wagen stand in der Garage, in der Dave ihn abgestellt hatte, nachdem er sich verfahren hatte. Er stieg aus und ging zu der offenen Tür.

Es ging ihm gut.

Es ging ihm gut, denn nach fast vierzig Jahren war er endlich wieder zu Hause.

Chuck war regelrecht aus dem Raum geflüchtet, in dem er sich der Realität hatte stellen müssen.

Wie war er nur auf die Idee gekommen, dass er Glück und Seelenfrieden mit Geld kaufen könnte, nachdem er so viele schöne vergessene Dinge gesehen hatte?

Er setzte sich ins Wohnzimmer und weinte wie ein Kind. Er hatte so viele Jahre vertan! Und wofür? Plötzlich stand ihm seine Sterblichkeit vor Augen, er wusste, dass er nicht mehr sehr viel Zeit hatte, sein Arzt hatte gesagt, dass er sich mit dem vielen Rauchen, der vielen Arbeit, dem hohen Blutdruck selbst umbrachte.

Aber er erinnerte sich an das, was ein alter kluger Freund einmal zu ihm gesagt hatte: »Wenn du ein Problem hast, das du mit Geld lösen kannst, Chuck, dann hast du kein Problem. Echte Probleme kann man nicht mit Geld regeln – gesundheitliche Probleme, Beziehungsprobleme, Familienprobleme, und wenn man keinen Sinn im Leben sieht. Wir Menschen sind dazu verdammt, Fehler zu machen und zu leiden. Aber leide nicht für etwas, das die Mühe nicht lohnt, Chuck.«

Er war völlig niedergeschmettert. Er hätte schon vor vielen Jahren mit allem aufhören können, wenn ihm klar gewesen wäre, dass er auch so ein schönes Leben führen konnte, und wenn er nicht geglaubt hätte, dass am Ende nur die Arbeit die Leere füllen würde, die er sein ganzes Leben lang mit sich herumgeschleppt hatte. Aber er hatte jämmerlich versagt. Andere konnte er belügen, sich selbst aber nicht. Chuck war nun ganz am Ende angekommen. Er war besiegt.

Nachdem er eine Zeit lang still geweint hatte, nahm er sich zusammen. Erst dann sah er, dass da noch eine Tür war.

Was hätte es denn für einen Sinn? Er fühlte sich völlig verloren. Er dachte, wenn er die Augen schloss und seine Gedanken ausblendete, würde er endlich Frieden finden.

Doch auf einmal ging die Tür, die Chuck nicht geöffnet hatte, ganz langsam von selbst auf. Er stand auf, ging hin und zog sie weit auf.

In dem Raum standen sich zwei Stühle gegenüber, und auf einem davon saß ein lächelnder Dave.

»Und, wie war die Sitzung?«, erkundigte sich Dave.

»Ich konnte nicht bleiben«, antwortete Chuck. »Ich hatte das Gefühl, nicht mehr dort hinzugehören.« Er sah Dave in die Augen, dann schüttelte er betrübt den Kopf.

»Wann habe ich in meinem Leben den falschen Weg eingeschlagen und mich verirrt, Dave? Wann?«

»Du hast es wahrscheinlich nie gemerkt, Chuck, aber ich denke, es gab einen Punkt, an dem du einen Packen Geldscheine in die Hand hättest nehmen und dich fragen sollen: Wer besitzt hier wen? Wenn man Geld nicht mehr besitzt, nimmt es selbst von einem Besitz. Aber mach dir wegen deiner Fehler keine Vorwürfe, Chuck. Auch ich habe in meinem Leben Fehler gemacht. Das machen alle Menschen, es ist nun mal ganz menschlich. Wichtig finde ich, dazuzulernen und zu vermeiden, dass man dieselben Fehler wiederholt. Aber du darfst auf keinen Fall denken, dass ich in meinem Leben auf Rosen gebettet war, Chuck, auch ich hatte meine Höhen und Tiefen, auch ich habe falsche Entscheidungen getroffen, habe Qualen ausgestanden und manchmal nicht gewusst, woher ich etwas zu essen nehmen soll. Wir glauben immer, das Gras auf der anderen Seite des Gartens sei grüner, aber das stimmt nicht immer. Trotz allen Leids, das ich erleben musste, bin ich glücklich, und auch du kannst glücklich werden, Chuck.«

»Wie meinst du das? Ich bin fünfzig, meine Zeit ist abgelaufen. Ich habe mein Leben vergeudet und merke es erst jetzt. Noch ein paar Jährchen, dann liege ich unter der Erde, und alle haben mich vergessen.«

Dave lächelte.

»Denk dran: Das Leben ist ein Faden mit zwei Enden. Am Tag unserer Geburt beginnen wir schon zu sterben. Doch die Magie, die man Leben nennt, ist nur der sichtbare Teil des Fadens. Der Lebensfaden aber ist unendlich, er verändert sich lediglich, wir können ihn nur teilweise sehen, denn wir sind in unserem Körper gefangen. Dein Leben hat lange vor deiner Geburt angefangen, und es endet nicht, wenn deine körperliche Hülle hinfällig wird. Es verwandelt sich dann nur in einen anderen Faden, den du und ich jetzt noch nicht sehen können, den wir aber ganz sicher erkennen werden, wenn der sichtbare Teil des Fadens reißt.«

»Was willst du mir damit eigentlich sagen?«, fragte Chuck.

»Das Leben hat dir eine zweite Chance geschenkt. Du hast dein Aquarium ja schon mit Kieseln, Steinchen und Sand gefüllt, jetzt musst du es noch mit dem reinsten Wasser auffüllen, das du finden kannst. Und das wirst du in deinem Inneren finden, in den einfachen Dingen des Lebens. Du hast jetzt die Augen geöffnet, Chuck, verschließe sie nie wieder! Es ist niemals zu spät, das musst du wissen und verstehen. Fang ganz einfach wieder an zu leben, tu eins nach dem anderen, rieche mal wieder an einer Rose. Und wenn du dein Aquarium mit den wahren Schätzen des Lebens füllst, die man nicht sehen und auch nicht berühren, sondern nur spüren kann, dann wirst du dich jeden Tag ein bisschen jünger fühlen und die Erfahrung machen, dass das Alter unbedeutend ist. Solange du innere Erfüllung vor materielle Güter stellst, wird es dir immer gut gehen, vergiss das nie, Chuck.«

In diesem Augenblick löste Dave sich vor Chucks Augen langsam in Luft auf. Doch vorher packte Dave noch Chucks Hand, steckte ihm einen Zettel zu und sagte:

»Denk immer dran, dass ich ein Teil von dir bin und du ein Teil von mir bist. Wir haben nur parallele Leben gelebt. Ich kann dir versichern, Mama und Papa geht es gut. Sie lieben sich noch wie am ersten Tag. Schöne Erinnerungen sind wie kleine Fenster, durch die wir einen Blick aufs Paradies erhaschen können. Und das wahre Glück findest du, wenn du mit dir selbst und den anderen Menschen um dich herum in Frieden lebst.«

Chuck blieb noch eine Weile sitzen. Nun war er ganz allein, in einem leeren Raum mit nur zwei Stühlen. Da sah er den Zettel, den Dave ihm gegeben hatte, bevor er verschwunden war. Er faltete ihn auseinander und las:

Es ist nun an der Zeit, Chuck, die Leinen Deines Lebens loszumachen, Zeit, alles loszulassen, was Dich

quält. Zeit, sich von Deinem Groll, Deiner Gier zu verabschieden, Zeit, dass Du Dir selbst von Herzen verzeihst, denn Du hast schon genug Schaden an Deiner Seele angerichtet. Du hast Dir selbst viele Steine in den Weg gelegt. Du musst begreifen, dass Du mit einer reinen Seele und einem friedvollen Geist immer wieder von vorn anfangen kannst, egal, wie alt Du bist. Sei bereit zu akzeptieren, dass Du als Mensch fehlbar sein kannst, aber Du kannst es immer wieder ändern und zum Besseren wenden. Urteile nicht mehr über Dich selbst, lass los ... Es ist an der Zeit, in die Sonne zu blicken, Zeit, Schuldgefühle, Fehler, Reue hinter Dir zu lassen. Jeder Mensch hat das Recht, der zu sein, der er sein will. Hör auf Deine innere Stimme. Du bist noch nicht am Ende Deines Lebensfadens angelangt. Ändere Deine Einstellung, und sei Dir selbst treu. Dann wird der Faden vielleicht länger, als Du denkst. Lerne aus Deinen Fehlern, und handle danach. Wirf alles weg, was Du nicht brauchst, lerne, mit leichtem Gepäck zu reisen. Zwischen Glücklichsein und Rechthaben wähle immer das Erste. Indem Du meinst, Du hättest recht, schadest Du Dir selbst am meisten. Versuche nicht, die Welt unter Kontrolle zu bekommen, sondern dreh Dich mit ihr.
Und vergiss nicht: Lass die anderen ruhig reden. Es ist niemals zu spät. Zu spät ist es erst, wenn Du tot bist.

Es ist an der Zeit, wieder die einfachen Dinge des Lebens zu bewundern. Du warst dafür viel zu beschäftigt in Deiner Selbstsucht. Du hast Dein ganzes Leben lang gegen Dich selbst gekämpft. Gib anderen nicht die Schuld für das, was Dir widerfährt. Gehe zurück in Deine Jugendzeit und erinnere Dich. Vielleicht siehst Du sie dann nicht mehr als bedrückend, sondern als eine Zeit, in der Du mit Wenigem wirklich glücklich warst. Lebe, Chuck! Ich sage es Dir ein für alle Mal: Lebe Dein eigenes Leben!

Chuck steckte den Zettel sorgfältig in die Tasche, stand auf und verließ den Raum. Er schloss die Tür und ging durch das Haus, in dem er geboren worden war. Er trat hinaus in den Garten. Kolibris saugten Nektar aus prächtigen Blumen. Er sah einen Schlauch – und ein paar Pflanzen, die gewässert werden mussten. Er drehte den Wasserhahn auf. Es tat gut, etwas ganz Einfaches zu tun und es zu genießen. Er konnte sich nicht erinnern, wann er sich zum letzten Mal so gut gefühlt hatte.

Und in diesem Moment hörte er eine Stimme aus dem Nachbarhaus:

»Hallo, Chuck! Ich habe mir schon Sorgen gemacht, ich habe dich eine ganze Weile nicht gesehen. O Gott, Chuck, du hast ja mächtig zugenommen!«

Er drehte sich um – nun endlich zur Sonne – und sah ein attraktives junges Paar und ein kleines Kind, das durch den kleinen Garten tobte.

Chuck stutzte. »Entschuldigen Sie, aber Sie haben mich wohl mit jemand anderem verwechselt.«

Der Nachbar lächelte. »Wieder mal einer deiner Witze, was? Na ja, komm bald wieder, lass nicht so viel Zeit bis zu deinem nächsten Besuch vergehen. Du fehlst uns, vor allem unserem Kleinen hier.«

Chuck sah den Jungen an, der wiederum ihn ansah. »Hallo, Chuck. Sollen wir später zusammen spielen?«

Und da hatte Chuck eine Erleuchtung. Er war nicht alt. Seine Erinnerungen hatten sich zum Positiven gewandelt. Das Leben hatte ihm eine zweite Chance geschenkt. Jetzt oder nie. Es war kein Hirngespinst. Es war die Wirklichkeit!

»Na, darauf kannst du wetten!«, sagte Chuck zu dem Kleinen. Er fühlte sich auf einmal jung wie ein Kind. Und es gefiel ihm. Er winkte den

Nachbarn zum Abschied und ging wieder ins Haus.

Er beschloss, erst mal hier zu wohnen, um sein Leben mit einem wundervollen Neuanfang zu erfüllen, ganz egal, wie alt – oder wie jung – er war!

Nachwort

Meine eigene »Geheimpforte«

Fünfzig Jahre später ...

Ich liege warm eingepackt in meinem Schlafsack im weichen Sand und höre, wie sich die Wellen nur wenige Meter entfernt brechen.

Ich habe einen kleinen Campingbus mit dem Nötigsten: Kaffeemaschine, Neoprenanzug, Taucherflossen, viel Obst und Gemüse, ein bequemes Bett, meine treue Gitarre und mein Lieblingssurfbrett, einen kleinen Kocher, ein paar Kerzen, zwei kleine Solarpaneele, die mir nachts Licht schenken, und meinen Laptop, um ein schönes Buch zu lesen oder vielleicht eins zu schreiben. Ich fühle mich ganz frei. Dass ich Glück empfinde, liegt nicht an dem Ort, wo ich nun bin, sondern es kommt von innen heraus. Der Ort passt genau zu meiner inneren Haltung, umgeben von wilder Natur und einem weiten, einsamen Strand mit ein paar Menschen, die an dieselben Dinge glauben wie ich. Mehr nicht. Ich lausche dem Schrei der Möwen, die über meinen kleinen Bus hinwegfliegen, ich beobachte die Delfine, die drei-, viermal am Tag kommen, und schwimme mit ihnen, ich höre das Scharren der roten Krabben, die ihre Löcher graben, oder ich erkunde den Strand und die Klippen mit den Höhlen, wo Seeotter leben. Ich bestaune täglich den Sonnenaufgang und den Sonnenuntergang, die mit der Ruhe und dem Frieden dieses Ortes verschmelzen. Ich fühle mich zu Hause. Den Lärm der Stadt habe ich weit hinter mir gelassen, ich kann hier für mich sein und zusehen, wie mein Sohn mit anderen Kindern spielt, wie er als freies und glückliches Kind heranwächst. Und selbst ein Gedanke klingt hier wie Musik. Es liegt an der Einstellung – ob ein Mensch herausfindet, wie wenig er braucht, um sich lebendig zu fühlen, eins mit dem Universum zu sein, einem Ort ohne Regeln und ohne Glaswände.

Nachts bade ich manchmal nackt im Meer, ich schwimme stundenlang oder lasse mich treiben, denn für das Wort *Angst* ist in dieser Ecke der Welt kein Platz. Was soll schon passieren? Ich tauche kurz unter die Wasseroberfläche und kann hören, wie die Delfine um mich herumschwimmen.

Manch einer hat gesagt, ich sei wohl gerade dabei, verrückt zu werden. Wie kann ich in einem kleinen Campingbus an einem abgelegenen Strand fernab des »Sicherheitsnetzes« der Gesellschaft leben? Was ist, wenn ich überfallen werde? Wenn ich einen Unfall habe? Ohne Aussicht auf Hilfe und Rettung? Aber gerade das sind doch die Momente im Leben, die zumindest für mich von Belang sind – wenn man einen weiteren Schritt macht und eine Welt entdeckt, die man nur erleben und genießen kann, wenn man ein Risiko eingeht.

Ich habe die Erfahrung gemacht, dass man sich umso sicherer fühlt, je näher man der Natur ist. Hier hat das Wort Angst keine Bedeutung, denn Angst ist Einstellungssache. Ich bin immer weniger in der Stadt und immer öfter an meinem »Geheim«strand. Winter oder Sommer – das ist egal. Mir ist auch egal, was die Leute sagen. Denn es ist eine Sache, sich etwas vorzunehmen, und eine andere Sache, es tatsächlich auch zu tun. Das ist der ganze

Unterschied. Nicht nur davon zu träumen, es sich nicht nur vorzunehmen, sondern es wirklich zu tun. Seinen Gedanken Taten folgen zu lassen.

Vier Tage lang herrschte schwere Dünung am Strand, ich ritt von morgens bis abends in meiner »Zuflucht« auf den Wellen. Ich verließ das Wasser nur, um kurz etwas zu trinken und zu essen, dann kehrte ich zurück in die See, überall umgeben von Delfinen. Am letzten Tag bekam ich Beinkrämpfe. Ich war total ausgepowert. Die starke Sonne am Äquator forderte ihren Tribut, und als die Wellen dann wieder genauso schnell abflossen, wie sie gekommen waren, gönnte ich meinem Körper Ruhe. Ich hatte meine Seele erfüllt. Am nächsten Tag würde ich in die Großstadt zurückfahren. Ich hatte meinen geliebten Strand noch nicht einmal verlassen, vermisste ihn aber schon jetzt! Und als ich meine Sachen packte, blickte ich mein Handgelenk an: Schon über zehn Jahre lang lebe ich ohne Uhr. Das war eine dieser einfachen, aber folgenreichen Entscheidungen gewesen, die man im Leben trifft. Wichtige Leute brauchen eine Uhr, manche Leute wollen immer wissen, wie spät es ist. Aber wirklich lebendige Menschen richten sich nur nach ihrer eigenen Zeit. Man braucht keine Uhr zum Wellenreiten, das Meer wird einem sagen, wann die Zeit dafür reif ist. Das ist nur ein kleines Zugeständnis an das wahre Leben, aber am Ende wird es ausschlaggebend sein, wenn man bereit ist, sich allen Herausforderungen und Abenteuern zu stellen, die das Leben einem mit auf den Weg gibt.

Ich habe beschlossen, noch einen Tag an diesem zauberhaften Ort zu bleiben. Die Welt wird ja nicht untergehen, wenn ich einen Tag später in die Stadt zurückkomme – wahrscheinlich wird sowieso niemand meine Abwesenheit bemerken.

Als ich erwache, werde ich von einem verhangenen Himmel und einer frischen Brise begrüßt. Ich trete in den feuchten Sand. Ich weiß, dass die Wolken sich verziehen werden und die Sonne herauskommen wird. Das Meer ist ruhig. Ich laufe barfuß am Strand entlang, und mein Geist, mein Herz und meine Seele sind eins mit allem, was sie sehen, hören und riechen, und driften in eine Parallelwelt: Die

Delfine spielen etwa fünf Meter vom Strand entfernt. Ich lüge nicht. Ich habe diesen bezaubernden Ort mitten im Nichts gefunden, wo Delfine so nah zum Strand kommen. Zu meinem »Geheim«ort. Auch viele Vögel gibt es hier. Also gehe ich wieder mal nackt ins Wasser, meine Seele ist in vollkommenem Frieden, und jeder Gedanke, der nichts mit dem zu tun hat, was ich gerade erlebe, löst sich auf. Ich bin frei wie die Delfine, die Krabben und die Möwen und tue genau das, was ich tun muss: mit dem Fluss des Lebens fließen. Kaum bin ich im Meer, gruppieren sich die neugierigen Delfine um mich herum, sie springen aus dem Wasser oder schwimmen unter mir hindurch, mit dem Bauch nach oben, und beobachten mich. Ich habe das Gefühl, einer von ihnen zu sein. Es sind Wildtiere, also können sie kommen und gehen, wie sie wollen, und dennoch kommen sie zu mir. Wie könnte ich das je wieder vergessen?

Viele Tage und Nächte habe ich an diesem magischen Ort verbracht und dabei einen Frieden empfunden wie nie zuvor. Warum? Weil ich alles, was ich zuvor getan und gesehen hatte, hinter mir lassen musste, nachdem ich aus meinen Fehlern gelernt hatte, um diesen Frieden und diese Ruhe in diesem Moment meines kurzen Lebens zu erleben und – warum nicht? – über diese Errungenschaft glücklich zu sein. Ich werde mir bewusst, dass für jeden von uns in derselben Lebensspanne viele Parallelwelten existieren. Ob man sie erkennt, hängt lediglich von einer möglicherweise schweren Entscheidung ab, die man treffen muss. Aber so schwierig ist es letztlich gar nicht. Wenn man sich erst einmal von der Angst losgemacht hat, was andere sagen oder denken könnten; wenn man sich bewusst wird, dass das Leben mit all seinen glücklichen und traurigen Momenten immer noch ein freudiges Abenteuer ist und es einem nichts schuldig ist – alles ist nur ein Geschenk, selbst das Atmen –, dann merkt man, dass man nie allein ist, denn man hat sich immer selbst.

Der rote Feuerball kauert nun über dem Horizont. Ich kann gar nicht zählen, wie viele Tage und Nächte ich mit den Möwen, Krabben, Delfinen und Schildkröten verbracht habe. Doch eine innere Stimme sagt mir, dass es mein letzter Sonnenuntergang an diesem unglaublichen Ort sein wird, zumindest für dieses Mal. Also tauche ich ein letztes Mal ins Meer ein, ganz nackt, so wie ich das wundervolle Abenteuer Leben begonnen habe. Meine Brüder, die Delfine, sind hier. Wir spielen eine Weile und sind uns in der universellen Sprache der Einsamkeit und Stille verbunden.

Zeit spielt keine Rolle. Ich weiß nicht einmal, wie viele Stunden ich im Wasser war. Doch nun weiß ich, dass ich gehen muss. Komisch – dieses Mal sind meine Brüder die ganze Zeit bei mir geblieben, und als ich das Wasser verlasse, blicken sie mir nach. Auch die Krabben und die prachtvollen Vogelarten, die Möwen, die mich in ihrem immerwährenden Tanz der Freiheit umkreisen. Als ich zu meinem kleinen Bus gehe, den ich in den letzten Tagen mein Heim nannte, mich abtrockne und meine Sachen zusammenpacke, taucht aus dem Nichts die Tür auf, die ich so gut kenne, die Pforte in der Flanke einer sehr schönen Klippe. Ich gehe darauf zu, und kurz bevor ich sie öffne, werfe ich noch einen letzten Blick auf dieses Stückchen Himmel und

Erde. Und obwohl mein Herz mir zuruft, ich solle nicht gehen, weiß ich doch, dass ich noch ein paar Türen öffnen muss, nur um zu wissen, was dahinter liegt. Das ist in Ordnung. Ich bin ein wenig traurig darüber, ich weiß aber auch, dass wahres Glück nach und nach entsteht und das Leben auch aus traurigen Momenten besteht. Der Unterschied ist nur, dass ich gelernt habe, das Leben so zu nehmen, wie es ist, anstatt aus ihm unbedingt das machen zu wollen, was es sein sollte. Ich habe akzeptiert, dass nicht ich die Regeln aufstelle, dass ich nur ein einfacher Reisender durch diese wunderbare Welt des Lebens bin. Und obwohl ich betrübt bin, akzeptiere ich die Dinge.

Konfuzius hat vor langer Zeit gesagt: *Mein Haus ist sehr klein, aber seine Fenster öffnen sich auf eine große und wundervolle Welt.*

Ich hatte das früher einmal gelesen, doch heute kann ich sagen, dass ich genau das bei unzähligen Reisen erfahren habe. Mein kleiner Bus ist mein Dach über dem Kopf, meine wahre Heimat aber liegt in meinem Inneren. Die Welt ist mein Spielplatz.

Ich weiß, dass ich zurückkommen werde. An diesen tollen Ort? Ich weiß es nicht.

Ich weiß nur, dass ich zurückkommen werde, um meinen Traum wieder zu leben. Vielleicht hier, vielleicht tausend Meilen entfernt. Es ist egal. Solange ich das Leben lebe, für das ich bestimmt bin, ist es gleichgültig, ob ich fünf oder fünfzig Jahre alt bin. Zeit spielt keine Rolle. Ich glaube, dass mich meine Lebenseinstellung immer jung halten wird.

Und was mache ich nun?

Diese Frage bedeutet mir nichts.

Ich freue mich auf die nächsten fünfzig Lebensjahre – sofern Gott Pläne mit mir hat. Ich reise mit leichtem Gepäck, denn alle Erinnerungen und alle wichtigen Erfahrungen, die ich brauche, sind auf der Festplatte meines Gedächtnisses gespeichert. Und meine Heimat ist dort, wo meine Seele wohnt. Ich möchte nur jeden einzelnen Moment des Ritts genießen, solange er andauert!

Tu's. Ich verspreche Dir, Du wirst es nie bereuen.

In Liebe,
ein Träumer

Sergio Bambaren – Die Geschichte eines Träumers

Sergio Bambaren Roggero wurde am 1. Dezember 1960 in Lima, Peru, geboren, wo er die britische Highschool absolvierte. Bereits von frühester Kindheit an war er fasziniert vom Ozean, der untrennbar mit dem Stadtbild Limas verbunden ist. Diese Liebe zum Wasser sollte ihn für den Rest seines Lebens entscheidend prägen und ihm unter anderem den Anstoß geben, sich auf das Abenteuer eines Lebens als Schriftsteller einzulassen.

Seine Freude am Reisen und seine Begeisterung für andere Länder führten Bambaren in die USA, wo er an der Texas A & M University Chemotechnik studierte, ein Gebiet, das ihn sehr interessierte – doch seine große Liebe war und blieb der Ozean. Um so oft wie möglich seiner Leidenschaft, dem Surfen, frönen zu können, reiste er mit Vorliebe in Länder wie Mexiko, Kalifornien oder Chile.

Schließlich entschied Bambaren sich, nach Australien, genauer nach Sydney, auszuwandern, wo er als Verkaufsleiter arbeitete. Auch von der neuen Heimat aus unternahm er viele Reisen, u. a. nach Südostasien und an die afrikanische Küste – immer auf der Suche nach der perfekten Welle.

Nachdem er einige Jahre in Sydney gelebt hatte, legte Bambaren ein *sabbatical* ein, um nach Europa zu reisen. In Portugal schließlich, an einem herrlichen Strand, eingerahmt von Pinienwäldern, fand Bambaren einen ganz besonderen Freund und erkannte, welchen Weg im Leben er zu gehen hatte: Ein einsamer Delfin inspirierte ihn dazu, sein erstes Buch zu schreiben: »Der träumende Delphin. Eine magische Reise zu dir selbst«.

Als er wieder nach Sydney zurückkehrte, erhielt Sergio Bambaren ein Angebot von Random House Australia, sein Buch zu verlegen, doch er schlug es aus, da er das Gefühl hatte, die Änderungen, die der Verlag vornehmen wollte, würden den Inhalt und die Botschaft seines Buches zu stark verändern. Er entschied sich 1996, sein Buch im Selbstverlag herauszubringen.

Dieser Entschluss veränderte Sergio Bambarens Leben grundlegend: Er verkaufte in Australien mehr als 60 000 Exemplare von »Der träumende Delphin«. Der Traum, ein Leben als Schriftsteller zu führen, begann endlich Gestalt anzunehmen.

»Der träumende Delphin« wurde bis heute in fast 30 Sprachen übersetzt, u. a. ins Russische, Kantonesische und Slowakische. In Deutschland stand der Titel jahrelang auf der Bestsellerliste und wurde über 1,3 Millionen Mal verkauft. Ähnlich gute Ergebnisse erzielte er auch in Lateinamerika und Italien.

Ebenso begeistert wurden auch seine anderen Bücher aufgenommen: »Ein Strand für meine Träume«, »Das weiße Segel«, »Der Traum des Leuchtturmwärters«, »Samantha«, »Die Botschaft des Meeres«, das Weihnachtsmärchen »Stella«, »Die Zeit der Sternschnuppen«, »Der kleine Seestern«, »Die Rose von Jericho«, »Die Blaue Grotte«, »Die Bucht am Ende der Welt«, »Die Heimkehr des träumenden Delphins« und »Lieber Daniel« wurden in vielen Ländern zu großen Erfolgen.

Immer wieder hat Sergio Bambaren Europa bereist. Er besuchte dabei u. a. Holland, Sardinien und Süditalien und hielt sich auch in Ischia auf, wo die größte Delfin-Forschungsstation im Mittelmeerraum beheimatet ist.

Mehrfach besuchte er auch Deutschland und Österreich. Den krönenden Abschluss seines Europaaufenthalts 2005 bildete eine erfolgreiche Signiertour durch Österreich und Deutschland. Die auf dieser Reise gewonnenen Erfahrungen sind in sein Buch »Die Blaue Grotte« eingeflossen. Nach Süditalien ist der Autor seitdem wiederholt zurückgekehrt, da dort der Großteil der Dreharbeiten zu »Ein Strand für meine Träume« stattfand.

Sein großes Interesse am Ozean und sein Anliegen, die Wale zu schützen, machten ihn zum idealen Kandidaten für den Posten des Vizepräsidenten der ökologischen Organisation »Mundo Azul« (Blaue Welt). Seither bereist Sergio Bambaren im Auftrag dieser Organisation die verschiedensten Länder mit dem Ziel, die Ozeane und ihre Lebewesen zu erhalten. In Zusammenarbeit mit »Dolphin Aid« setzt er sich mit Therapieformen auseinander, bei denen der Kontakt von behinderten Kindern zu Delfinen für bessere Heilungschancen sorgen soll.

Im Jahr 2008 wurde Sergio Bambaren Vater. Heute lebt er wieder in seiner Heimatstadt Lima, Peru, von wo aus er nach wie vor häufig zum Wellenreiten geht – umringt von Delfinen mit den Wellen eine Einheit zu bilden gibt ihm die Inspiration und Energie, weiterhin für all diejenigen zu schreiben, die wie er irgendwann in ihrem Leben beschlossen haben, nach dem Motto zu leben: »Lass dich nicht von deinen Ängsten daran hindern, deine Träume wahr zu machen!«.